대통령의 선생님이 쓴

문해력 용비어천가

안문길 지음

주식회사 자유지성사

머리말

고려가 망하고 조선이 세워졌습니다,

그러나 백성들 중에는 고려가 왜 망했는지 그 까닭을 모르는 사람이 많았습니다. 그것만이 아닙니다. 조선이 왜 세워졌는지를 모르는 사람도 많았습니다.

아무런 까닭도 없이 나라가 세워졌다면 누구나 이상하게 생각할 것입니다. 그리고 나라에 대한 충성심도 없어질 것입니다.

나라를 잘 이어가려면 신하와 백성들이 나라에 대해 충성심이 깊어야 합니다.

세종대왕은 그 점이 가장 걱정스러웠습니다.

그래서 자나깨나 어떻게 하면 백성들에게 충성심을 길러 줄까 생각했습니다.

「삼강행실도」란 그림책을 만들어 백성들이 보도록 하였습니다. 그러나 그림책만으로 백성들에게 충성심을 심어 주기에는 부족한 점이 많았습니다.

결국 세종대왕은 쉬운 글자를 만들어 나라가 세워진 까닭을 백성들에게 알려 주는 것이 좋겠다고 여겼습니다. 세종대왕이 훈민정음을 창제하게 된 까닭도 바로 거기에 있었습니다.

세종대왕은 훈민정음을 창제한 후, 곧 용비어천가를 지었습니다. 그리고 그것을 책으로 만들었습니다.

그러니까 용비어천가는 훈민정음으로 만들어진 최초의 책이 됩니다. 그러므로 창제 당시의 글자 모습을 볼 수 있는 귀중한 서적입니다.

　　용비어천가는 조선이 세워진 것을 찬양한 노래입니다. 또한, 조선이 세워지기까지의 어려움과, 조선이 왜 세워졌는가를 알리는 노래입니다.

　　용비어천가는 모두 125장으로 되어 있습니다.

　　목조·익조·도조·환조·태조·태종 등 세종대왕의 조상들이 나라를 세우기까지의 어려움과 업적을 노래하였습니다.

　　용비어천가는 하나의 이야기가 여러 갈래로 나누어져 있습니다.

　　그래서 여기에서는 중복이 되는 몇몇 장의 이야기는 버리고, 중요한 장만 뽑아 풀이하였습니다.

　　우리 옛글은 없어진 글자가 많아 읽기가 불편합니다. 그래서 이 책에서는 처음 지었을 때의 노래를 먼저 싣고, 그 다음 오늘날 읽기 쉽도록 풀어서 다시 실었습니다. 그리고 내용을 알기 쉽게 설명했습니다.

　　이 책은 우리 조상들이 어떻게 나라를 세웠는지, 또한 어떻게 나라를 이어갔는지를 어린이들이 쉽게 이해할 수 있도록 하였습니다.

2023년 11월

차 례

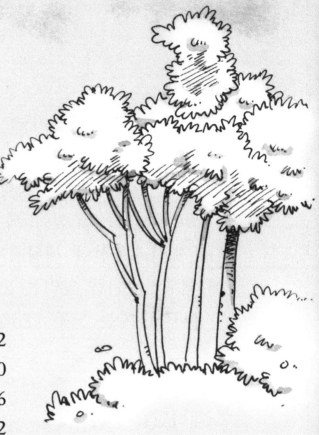

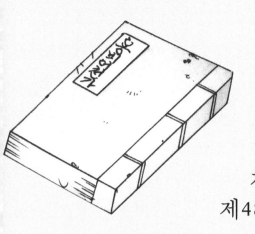

대통령의 선생님이 쓴

문해력 용비어천가

안문길 지음

주식회사 자유지성사

제1장

해동(海東) 육룡(六龍)이 나라샤

일마다 천복(天福)이시니

고성(古聖)이 동부(同符)하시니

선생님과 함께 풀어보기

해동에 여섯 용이 날아올라 하는 일마다 하늘의 복을 받으시니 옛 성현들이 쌓은 업적과 똑같으십니다.

선생님과 함께 해석하기

해동(海東) 육룡(六龍)이 : 해동에 여섯 용이

나라샤 : 날아오르시어

일마다 천복(天福)이시니 : 하는 일마다 하늘의 복이시니

고성(古聖)이 : 옛날 임금들이 쌓은 업적과

동부(同符)하시니 : 똑같으십니다.

재미있는 얽힌 이야기

조선은 고려를 멸망시키고 나라를 세웠습니다. 그러나 아무런 준비나 계획이 없이 하루아침에 나라를 세운 것은 아닙니다. 오랜 세월 동안 공을 쌓고 노력한 끝에 하늘의 복을 받아 나라를 세운 것입니다.

1장은 세종의 아버지인 태종으로부터 조선을 세운 할아버지, 태조 그리고 그 위의 조상인 환조·도조·익조·목조까지 육대조가 나라를 세우기 위해 얼마나 고생을 하였으며, 얼마나 많은 노력을 기울였는가를 알리려는 노래입니다.

육대조들이 나라를 세우기 위해 노력했던 이야기는 3장부터 125장까지 자세하게 적혀 있습니다.

그러나 지금까지 쌓아 온 덕을 그대로 늘어

만 놓는다면 글을 읽는 사람들이 쉽게 믿으려 하지 않을 것입니다. 그래서 이웃의 큰 나라인 중국에서 나라를 세우기 위해 일어났던 일과 비교해 놓았습니다.

육대조들도 중국의 이름난 성군들과 비교했을 때에 조금도 부족함이 없는 업적을 이루었다는 것을 글로 나타내려 한 것입니다. 그래야 글을 읽는 많은 사람들이 나라를 새로이

세운 까닭과 이유를 이해하고, 나라에 대한
애국심을 품게 될 것이기 때문입니다.

해동 : 발해의 동쪽이란 뜻으로 우리 나라를 가리
키는 말입니다. 예전에 다른 나라 사람들은 우리 나
라를 해동 이외에 계림·청구·동국·제잠 같은 이
름으로 불렀습니다.

육룡 : 세종대왕 앞의 임금인 아버지인 태종, 할
아버지인 태조, 그리고 그 위의 조상인 목조·익
조·도조·환조, 여섯 명의 조상을 가리키는 말입니
다. 예전부터 우리 나라 사람들은 왕을 용에 비유하
였습니다.

고성 : 옛날의 성군들. 나라를 일으켜 잘 다스린,
옛 중국의 이름난 임금들을 말합니다.

혁명을 일으켜 나라를 세운 탕왕과 무왕을 말합니
다.

한역시

해동육룡비　막비천소부　고성동부
海東六龍飛　莫非天所扶　古聖同符

18

제 2 장

불휘 기픈 남간 바라매 아니 뮐쌔
곳 됴코 여름 하나니

새미 기픈 므른 가마래 아니 그츨쌔
내히 이러 바라래 가나니

뿌리가 깊은 나무는 바람에도 흔들리지 않으므로 꽃이 좋고 열매가 많이 열립니다.
샘이 깊은 물은 가뭄에도 그치지 않으므로 시냇물이 이루어져 바다에 갑니다.

선생님과 함께 해석하기

불휘 기픈 남간 : 뿌리가 깊은 나무는
바라매 아니 뮐쌔 : 바람에 아니 흔들리므로

곳 됴코 여름 하나니 : 꽃 좋고 열매가 많습니다.
새미 기픈 므른 : 샘이 깊은 물은
가마래 아니 그츨쌔 : 가뭄에 아니 그치므로
내히 이러 바라래 가나니 : 내가 이루어져 바다에
갑니다.

재미있는 얽힌 이야기

뿌리가 깊다, 샘이 깊다라는 것은 나라의
기반이 오래고 튼튼하다는 뜻입니다.

바람, 가뭄은 고난과 시련을 뜻합니다. 꽃,
열매는 문화 산물을 뜻합니다.

조선은 나라의 기반이 오래되었고 튼튼하므
로 어떤 어려움이 있더라도 이겨 나가며, 문
화가 창달되고, 산물이 풍족하다, 그리고 나
라의 역사가 오래 이어질 것이다라는 자신감
에 찬 노래입니다.

1장은 세종대왕의 조상들이 나라를 세우기
위해 힘쓰고 노력했다는 것을 알리기 위한 장
입니다. 그러나 노력한 것만 가지고는 백성들

이 앞으로 잘살 수 있으리라는 믿음을 갖기 어렵습니다.

정치를 잘 펼치는 한편, 백성들이 평화롭고 행복하며 풍족한 생활을 할 수 있도록 해 주어야 합니다.

큰 나무는 뿌리가 깊습니다. 바람, 즉 어떤 고난과 시련에도 흔들리지 않습니다. 그래서 꽃이 만발하고 열매가 주렁주렁 열립니다.

조선은 큰 나무와 같으므로 나라의 기반이 튼튼하고 문물이 풍족하다는 뜻입니다.

또, 샘처럼 물이 깊어서 가뭄, 즉 어떤 고난과 시련에도 역사가 그치지 않으며, 내가 이루어져 바다에 가듯이 그 역사가 길고 오래갈 것이라는 뜻입니다.

혼자서 읽어봐요

1장과 2장은 용비어천가의 서문에 해당됩니다. 나라가 어떻게 서게 되었는가 하는 내용으로 '개국송'

이라고 합니다. 2장은 용비어천가 중 가장 문학성이 뛰어난 장입니다.

　불휘 : 뿌리가. '나라의 기반'이란 뜻이지요.

　남간 : 나무는. 겉의 뜻은 '나무는'입니다. 그러나 속뜻은 '나라는', 즉 '조선은'이란 뜻이지요. 예전에는 나무를 '나모'라고 하였습니다.

　바라래 가나니 : 바다에 갑니다. 나라의 역사가 오래가고 크게 번창할 것이라는 뜻입니다.

　예전에는 바다를 '바랄'이라고 하였습니다.

한역시

근 심 지 목　풍 역 불 올　유 작 기 화　유 분 기 실
根深之木　風亦不扤　有灼其華　有蕡其實

원 원 지 수　한 역 불 갈　류 사 위 천　우 해 필 달
源遠之水　旱亦不竭　流斯爲川　于海必達

제 3 장

주국(周國) 대왕(大王)이 빈곡(豳谷)에
사라샤 제업(帝業)을 여르시니

우리 시조(始祖)가 경흥(慶興)에
사라샤 왕업(王業)을 여르시니

선생님과 함께 풀어보기

주나라 대왕 고공단보가 빈곡에 사시어 나라를 일으키는 길을 여셨습니다.

우리 시조 목조가 경흥에 사시어 나라를 일으키는 길을 여셨습니다.

선생님과 함께 해석하기

주국(周國) 대왕(大王)이 : 주 나라 대왕이

빈곡(豳谷)에 사라샤 : 빈곡 땅에 사시어

제업(帝業)을 여르시니 : 나라를 여셨습니다.
우리 시조(始祖)가 : 우리 시조 목조께서
경흥(慶興)에 사라샤 : 경흥에 사시어
왕업(王業)을 여르시니 : 나라를 여셨습니다.

재미있는 얽힌 이야기

주나라를 세운 것은 주문왕입니다. 주문왕의 할아버지인 고공단보는 빈곡이란 곳에서 덕을 많이 쌓았습니다.

그래서 많은 백성들이 그를 따랐고, 임금으로 받들었습니다. 그것이 주나라를 세우는 바탕이 되었습니다.

목조가 주위의 모함을 받아 전주에서 삼척으로 옮아가게 되었습니다.

이때에 170호나 되는 백성들이 목조를 따라왔습니다. 백성들의 사랑과 믿음을 얻은 때문입니다.

그 후, 함경북도 경홍에서 벼슬을 할 때에
도 많은 사람들이 그를 따랐습니다.

이때부터가 조선을 일으키는 시작이 된 것
입니다.

혼자서 읽어봐요

3장부터 8장까지는 조선을 일으킨 태조 이성계의
조상을 찬양하는 글입니다.

여기서부터는 두 가지 이야기가 나란히 나옵니다.
앞의 이야기는 중국의 고사를, 뒤의 이야기는 조선
을 일으킨 이야기를 중국의 고사와 비유하였습니다.

한역시

석주대왕　　우빈사의　　우빈사의　　조조비기
昔周大王　于豳斯依　于豳斯依　肇造丕基

금아시조　　경홍시택　　경홍시택　　조개홍업
今我始祖　慶興是宅　慶興是宅　肇開鴻業

제 4 장

적인(狄人)의 서리예 가샤 적인(狄人)이
갈외거늘 기산(岐山)으로 올마샴도
하늘 뜨디시니

야인(野人)의 서리예 가샤 야인(野人)이
갈외거늘 덕원(德源)으로 올마샴도
하늘 뜨디시니

선생님과 함께 풀어 보기

북쪽 오랑캐의 사이에 가시어 북쪽 오랑캐
가 맞서거늘 기산 땅으로 옮아가신 것도 하늘
의 뜻입니다.

여진족의 사이에 가시어 여진족이 맞서거늘
덕원 땅으로 옮아가신 것도 하늘의 뜻입니다.

적인(狄人)의 서리예 가샤 : 북쪽 오랑캐의 사이에 가시어

갈외거늘 : 맞서거늘

기산(岐山)으로 올마샴도 : 기산 땅으로 옮아가심도

야인(野人)의 서리예 가샤 : 여진족의 사이에 가시어

덕원(德源)으로 올마샴도 : 덕원 땅으로 옮아가심도

하늘 뜨디시니 : 하늘의 뜻입니다.

재미있는 얽힌 이야기

고공단보가 빈곡이란 땅에서 조상의 업적을 다시 일으키기 위해 힘쓰고 있었습니다.

이때에 북쪽의 오랑캐들이 침범하였습니다. 오랑캐들은 힘이 강했으므로 어쩔 수 없이 빈곡을 떠나 기산 땅으로 옮아가게 되었습니다.

이때에 빈곡 사람들이 모두 나섰습니다.

"고공은 어진 사람이니 잃을 수 없다."

"우리도 따라야 한다."

모두 이렇게 말하며 고공을 따라왔습니다.
그런 뒤에 고공을 대왕으로 받들었습니다.

목조의 뒤를 이은 익조는 원나라 경흥에서
벼슬살이를 하였습니다.

이것을 시기한 여진족들이 익조를 죽이려
하였습니다. 익조는 가족을 데리고 도망치지
않을 수가 없었습니다.

"서둘러라. 그래야 여진족을 피할 수 있다!"

하지만 얼마 가지 않아 발목을 잡히고 말았
습니다.

뒤에는 말을 탄 적군이 수없이 쫓아오는데
앞에는 넓은 바다가 가로놓여 있었습니다.

"배도 없는데 큰일났구나."

"저 바다를 어찌 건널 수 있단 말인가."

모두 걱정에 휩싸여 있었습니다. 그런데 갑

자기 바닷물이 빠지기 시작하였습니다.

"바닷물이 빠진다!"

"바닷길이 열렸다!"

그래서 익조와 그의 가족들은 무사히 건너 편에 있는 붉은 섬까지 피할 수 있었습니다.

그런데 적들이 바다에 이르자, 방금 전까지 다 빠졌던 바닷물이 갑자기 불어나기 시작했 습니다. 순식간에 벌어진 일이라 여진족들은 깜짝 놀랐습니다. 그들은 바다를 건널 수가 없었습니다.

"이것은 하늘의 뜻이다. 하늘의 힘이 아니 고는 불가능한 일이다."

북방 사람들은 모두 입을 모았습니다. 그리 고 그들 나라로 돌아갔습니다.

위험에서 벗어난 익조는 붉은 섬에서 움을 파고 살았습니다. 이때에 많은 경흥 사람들이 익조를 따라 붉은 섬으로 옮아왔습니다. 그 후에 덕원으로 옮길 때에도 많은 사람들이 따 라왔습니다. 그래서 덕원은 마치 시장을 이룬 듯 붐비었습니다.

북적은 북쪽에 있는 오랑캐란 뜻입니다.

예전에 중국에서는 중국을 하늘의 중심 나라라고 하였습니다. 그리고 주위에 있는 민족을 오랑캐라고 불렀습니다.

중국을 둘러싸고 있는 동서남북 민족을 가리켜 동이(동쪽 오랑캐), 서융(서쪽 오랑캐), 남만(남쪽 오랑캐), 북적(북쪽 오랑캐)라고 불렀습니다.

야인은 여진족을 말합니다.

위의 내용처럼 위태로울 때에 하늘이 도와주는 것을 천우신조라고 합니다. 하늘의 도움이 없었더라면 나라를 세울 수 없었다는 뜻입니다. 용비어천가에서는 그런 사실을 강조하고 있습니다. 이것은 백성들에게, 조선이 세워진 것에 대해 믿음을 주고 충성을 다하도록 계몽을 하기 위함입니다.

한역시

적인여처 적인우침 기산지천 실유천심
狄人與處 狄人于侵 岐山之遷 實維天心

야인여처 야인불예 덕원지도 실시천개
野人與處 野人不禮 德源之徒 實是天啓

제 7 장

블근 새 그를 므러 침실(寢室) 이페
안자니 성자(聖子) 혁명(革命)에
제우(帝祐)를 뵈ᅀᆞᆸ나니

배야미 가칠 므러 즘겟 가재
연즈니 성손(聖孫) 장흥(將興)에
가상(嘉祥)이 몬졔시니

선생님과 함께 풀어보기

붉은 새가 글을 물고 침실 지겟문에 앉으니, 무왕이 혁명을 일으킴에 하늘의 복이 내리심입니다.

뱀이 까치를 물어 나뭇가지에 얹으니, 태조 이성계가 장차 나라를 세움에 아름다운 조짐이 미리 일어난 것입니다.

34

블근 새 그를 므러 : 붉은 새가 글을 물어

이페 안자니 : 문 앞에 앉으니

성자(聖子) 혁명(革命)에 : 성자(무왕)께서 혁명을 일으키심에

제우(帝祐)를 뵈옵나니 : 하늘의 복이 내리심입니다.

배야미 가칠 므러 : 뱀이 까치를 물어

즘겟 가재 연즈니 : 큰 나뭇가지 위에 얹으니

성손(聖孫) 장흥(將興)에 : 도조께서 미리 일어날 큰일을

가상(嘉祥)이 몬제시니 : 아름다운 조짐을 미리 보이셨습니다.

주무왕이 은의 주왕을 물리치고 왕위에 오르려 할 때입니다.

붉은 새 한 마리가 붉은 글을 물고 문왕의 침실로 날아왔습니다. 그리고 그 글을 지겟문 위에 얹어 놓았습니다.

'게으름을 물리쳐 이긴 자는 길하고, 게으름에 눌려서 진 자는 멸한다. 의를 지키고자 한 이는 순하고, 의를 누르고자 한 이는 흉하다. 무릇 일이란 억지로 하지 않아야 구불어지지 않는다. 선하지 않은 것은 옳지 않다. 선하지 않은 자는 망한다. 선한 자는 만 세를 누릴 것이다. 어짐으로써 얻고 어짐으로써 다스린다면 백 세를 헤아릴 것이다. 그러나 어질지 못한 마음으로 얻으려 하고, 어질지 못한 마음으로써 다스린다면 십 세쯤은 헤아릴 것이다. 그러므로 어질지 못함으로 얻고 다스려서는 당대를 넘기지 못 할 것이다.'

붉은 새가 물어 온 글은 이런 내용이었습니다.

이것은 하늘이 문왕에게 새를 보내어 부지런히 의를 지키며, 선하고 어질게 나라를 다스리라는 뜻을 전한 것입니다.

도조가 감영으로 떠날 때였습니다.

까치 두 마리가 나무에 앉아 있었습니다.

도조가 활을 들어 쏘려고 하였습니다.

주위의 군사들이 모두 말렸습니다.

"우리는 몇 백 보나 멀리 떨어져 있습니다."

"맞힐 수 없을 것입니다."

모두들 이렇게 말하였습니다.

그러나 도조는 활을 쏘아 두 마리의 까치를 떨어뜨렸습니다.

이때에 큰 뱀이 나타나더니 까치를 물고 가 큰 나무에 얹어 놓고 먹지 않았습니다.

"신기한 일이다. 뱀이 까치를 물어다 놓기만 하고 먹지를 않다니."

"이건 하늘의 뜻이다."

"분명 좋은 일이 일어날 징조로구나."

"하늘이 시키신 일이 분명해."

그 자리에 있던 사람들은 모두 신기하게 여기며 칭송하였습니다.

　지겟문은 마루에서 방으로 드나드는 곳에 있는 문종이로 안팎을 두껍게 싸바른 외짝 문을 말합니다.

　뱀이나 새가 나타나 기적을 보인 것은 앞으로 어떤 일이 일어날 것을 미리 보여 주려는 것입니다. 여기에는 결단을 내려 일을 자신 있게 이루어 나가라는 뜻도 숨겨져 있습니다.

　나라를 새로 세우는 것은 쉬운 일이 아닙니다. 하늘이 돕고, 사람이 돕고, 또한 때가 맞아야 가능한 일입니다.

　그래서 나라가 새로이 일어날 무렵에 벌어진 이상하고 신기한 일들은 모두 나라가 서는 것과 관련을 지어 이야기하게 됩니다.

한역시

적 작 어 서　지 실 지 호　성 자 혁 명　원 시 제 우
赤雀御書　止室之戶　聖子革命　爰示帝祐

대 사 어 작　치 수 지 양　성 손 장 흥　원 선 가 상
大蛇御鵲　寘樹之揚　聖孫將興　爰先嘉祥

제 8 장

태자(太子)를 하늘히 가리샤 형(兄)의 뜨디
일어시날 성손(聖孫)을 내시니이다

세자(世子)를 하늘히 가리샤 제명(帝命)이
나리어시늘 성자(聖子)를 내시니이다

선생님과 함께 풀어 보기

태자를 하늘이 가리시어 형의 뜻이 이루어
지시거늘 성스러운 자손을 내십니다.
세자를 하늘이 나리시어 천제의 명을 내리
시거늘 성스러운 자손을 내십니다.

선생님과 함께 해석하기

태자(太子)를 하늘히 가리샤 : 태자를 하늘이 가
려내시어

형(兄)의 뜨디 일어시날 : 형의 뜻이 이루어지시
거늘

성손(聖孫)을 내시니이다 : 성스러운 자손을 내시
었습니다.

제명(帝命)이 나리어시늘 : 하늘이 천자가 되라는
명을 내리셨습니다.

성자(聖子)를 내시니이다 : 성스러운 자손을 내리
시었습니다.

재미있는 얽힌 이야기

주나라 대왕인 고공에게 세 명의 아들이 있
었습니다. 맏이가 태백이고 둘째가 중옹이고
셋째 아들이 계략이었습니다. 그 무렵, 상나
라는 날로 힘이 없어지고, 주나라의 힘은 점
점 강해져 갔습니다. 대왕은 셋째 아들이 낳
은 창이 덕이 있어 나라를 물려주고자 하였습
니다.

대왕은 주변에 있는 상나라를 치고자 하였
는데 맏아들인 태백은 아버지의 말을 따르지

않았습니다.

아버지의 뜻을 알아차린 태백은 첫째 동생인 중옹과 함께 남쪽 오랑캐의 땅으로 숨어 버렸습니다.

대왕은 계략을 세워 나라를 창에게 전하고 중원의 3분의 2를 다스리게 하였습니다. 그가 문왕입니다. 그리고 다시 그 뒤를 이은 왕이 바로 무왕입니다.

무왕은 조상의 뜻을 받들어 은나라의 주왕을 물리치고 나라를 평정하였습니다.

목조가 돌아가자 익조가 그 뒤를 이었습니다. 그리고 익조가 돌아가자 도조가 뒤를 이었습니다. 또, 도조가 돌아가자 그 아들인 자흥이 뒤를 이었습니다. 그러나 자흥은 나이가 젊어서 죽었습니다. 자흥에게 아들이 있었지만 나이가 어려 조상의 대를 이을 수가 없었습니다.

그래서 자홍의 아우인 환조(이자춘)가 대를 잇게 되었고, 마침내 그의 둘째 아들인 이성계가 조선을 세우기에 이르렀습니다.

성손·성자는 무왕과 태조를 가리키는 말로, 이 모두가 하늘의 뜻에 의해 왕이 된 사람이라는 것입니다.

여기서 '형'이란 고공의 맏아들인 태백을 말합니다. 만약에 형들이 조상의 대업을 이어받았다면 무왕도 무왕의 업적도 없었을 것입니다.

또한, 자흥의 아들인 천계가 나이가 들었더라면 이성계가 대를 이을 수가 없었을 것입니다. 그러면 조선을 세우지도 못했을 것입니다.

'상' 나라는 '은' 나라의 처음 이름으로, 탕왕에서 주왕까지 28왕 200여 년의 역사를 지닌 나라입니다.

한역시

유주태자　유천택혜　형양기수　성손출혜
維周太子　維天擇兮　兄讓旣遂　聖孫出兮

유아세자　유천간혜　제명기강　성자탄혜
維我世子　維天簡兮　帝命旣降　聖子誕兮

제 9 장

봉천토죄(奉天討罪)실쌔 사방(四方)
제후(諸侯)가 몯더니 성화(聖化)가
오라샤 서이(西夷)가 또 모다니

창의반사(唱義班師)이실쌔 천리(千里)
인민(人民)이 몯더니 성화(聖化)가
기프샤 북적(北狄)이 또 모다니

하늘의 명을 받아 불의를 치려 하심에 사방
의 제후들이 모였습니다. 그 뜻을 옳게 여겨
서쪽 오랑캐들도 또 모였습니다.

의를 외쳐 군사를 돌이키심으로 천리의 백
성들이 모였습니다. 이 성스런 판단의 깊은
뜻을 여진족들도 옳게 여겨 모여들었습니다.

봉천토죄(奉天討罪) : 하늘의 명을 받아 죄를 치다. 무왕이 상왕인 주왕을 치고 혁명을 일으킴

사방(四方) 제후(諸侯)가 못더니 : 여러 곳에서 제후들이 모여 혁명을 도왔습니다.

서이(西夷)가 또 모다니 : 서쪽 오랑캐들이 또 모였습니다.

창의반사(唱義班師) : 의를 부르짖고 군대를 돌이킴. 이 태조의 위화도 회군을 말함

북적(北狄)이 또 모다니 : 북쪽 여진족들도 모여들었습니다.

은나라의 주왕은 난폭한 임금이었습니다.

술과 여자를 즐기고 달기라는 여자의 말만 들었습니다. 그느라 나라일은 전혀 돌보지 않았습니다. 그러면서 없는 법을 만들어 죄없는 사람들을 참혹하게 죽였습니다.

불에 태워 죽이고, 굽고 지지는 형벌을 서슴지 않았습니다.

또한, 왕자를 죽이고 선한 신하를 감옥에 가두었습니다.

주나라 무왕은 참을 수가 없어서 군사를 일으켜 주왕을 치기로 하였습니다. 이때에 주위의 왕과 제후들이 무왕의 뜻을 받들어 모여들었습니다.

그리고 서쪽의 오랑캐들도 무왕을 도우러 모여들었습니다.

고려 우왕은 요동을 칠 계획을 세우고 장군인 이성계를 불렀습니다.

"내가 요양을 치고자 하니 경들은 힘을 다하여라."

그러나 이성계 장군은 네 가지의 이유를 들어 반대를 하였습니다.

"작은 나라가 큰 나라를 치는 것은 옳지 않습니다."

"온 나라가 전쟁에 참여하면 왜가 그 빈틈

을 노릴 것입니다.”

“여름철이니 너무 무덥고, 장마 때문에 활이 늘어지고 무기가 녹슬 것입니다.”

“또한, 전염병 때문에 많은 군사들이 병들 것입니다.”

우왕은 이성계의 말이 옳다고 여겼습니다. 하지만 최영 장군이 반대를 하였습니다.

“한번 정한 일을 바꿀 수는 없습니다. 군사를 진군시켜야 하옵니다.”

우왕은 최영 장군의 말을 들었습니다.

우군 통도사에 임명된 이성계는 할 수 없이 군사를 이끌고 압록강으로 나갔습니다.

하지만 위화도에 이르렀을 때, 갑자기 큰비가 내려 군사들은 섬에 갇히게 되고 전염병까지 번지기 시작하였습니다. 그 상태로는 도저히 전쟁을 치를 수가 없었습니다.

“더 이상은 죄없는 군사들을 희생시킬 수 없다.”

"이대로 나아갔다가는 한 명도 살아남을 수 없을 것이다."

이성계 장군은 여러 장수와 의논하여 위화도에서 군사를 돌려 서울로 돌아왔습니다. 이것을 위화도 회군이라고 합니다.

이성계 장군이 군사를 이끌고 도문이란 곳에 머물고 있을 때였습니다. 이때에 동북면 백성과 여진 사람들이 모두 모여들었습니다.

또한, 군대에 가지 않았던 사람들도 회군 소식을 듣고 반가워서 다투어 모였습니다.

그것만이 아닙니다. 회군 소식을 들은 천여 명의 백성들이 멀리서 밤낮으로 달려와 모여들었습니다.

혼자서 읽어봐요

제후 : 옛날에 일정한 땅을 차지하고 백성들을 다스리던 사람. 천자를 중심으로 제후들이 모여 나라를 이루었습니다. 때로는 제후들이 모여 나라를 이

루기도 합니다.

　성화 : 황제의 가르침. 여기서는 포악한 정치를 일삼는 주왕을 무왕이 물리치려는 계획을 말합니다. 또, 이성계 장군이 네 가지 부당함을 들어 요동을 치는 것이 옳지 못하다 하며 위화도에서 군사를 돌이킨 것을 말합니다.

　창의반사이실쌔 : 의를 외쳐 군사를 돌이키실 때. 여기서는 요동을 치러 가던 이성계 장군이 위화도에서 회군한 사건을 가리킵니다.

한역시

봉천토죄　제후사합　성화기구　서이역집
奉天討罪　諸侯四合　聖化旣久　西夷亦集

창의반사　원인경회　성화기심　북적역지
唱義班師　遠人競會　聖化旣心　北狄亦至

제12장

오 년(五年)을 개과(改過) 못하야
학정(虐政)이 날로 더을쌔
도과지일(倒戈之日)에 선고(先考)
의 뜻 못 일우시니

첫나래 참소(讒訴)를 드러
흉모(凶謀)가 날로 더을쌔
권진지일(勸進之日)에 평생(平生)의 뜻
못 일우시니

선생님과 함께 풀어보기

오 년 동안이나 잘못을 고치지 못하여, 가혹한 정치가 날로 더했습니다. 그래서 창을 거꾸로 들고 등을 찌르니 돌아가신 아버지의 뜻을 지키지 못하였습니다.

첫날부터 거짓 죄를 꾸며 고해 바쳐서 흉측한 모함이 날이 갈수록 심해졌습니다. 그래서 왕위에 오르기를 권하는 평생의 뜻을 이루지 못하였습니다.

선생님과 함께 해석하기

오 년(五年)을 : 오 년 동안을 기다렸으나

개과(改過) 못하야 : 잘못을 고치지 못하여

학정(虐政)이 : 가혹한 정치가

날로 더을쌔 : 날로 더했습니다.

도과지일(倒戈之日)에 : 창을 거꾸로 들고 뒤를 향하여 찌름. 주왕의 앞을 지키던 군사가 뒤를 지키던 군사에게 창을 들이댐. 혁명을 원함

선고(先考)의 뜻 못 일우시니 : 돌아가신 아버지 뜻을 지키지 못했습니다. 무왕은 끝까지 주왕을 섬겼던, 돌아가신 아버지, 문왕의 뜻을 저버리고 주왕을 침

첫나래 참소(讒訴)를 드러 : 첫날부터 거짓 죄를 꾸며 일러바치니

흉모(凶謀)가 날로 더을쌔 : 흉측한 음모가 나날

이 더하므로

　권진지일(勸進之日)에 : 왕위에 오르기를 권함

　평생(平生)의 뜻 못 일우시니 : 평생의 뜻을 이루지 못하였습니다.

재미있는 얽힌 이야기

　주나라 문왕은 중국의 삼분의 이를 차지한 강한 임금이었습니다.

　"하늘의 명을 받은 임금일세."

　"힘없는 백성들을 위해 하늘에서 내려 준 임금이야."

　백성들은 모두 문왕을 우러렀습니다.

　문왕은 은나라의 주왕이 포악한 정치로 백성들을 괴롭힌다는 것을 알고 있었습니다. 하지만 끝까지 은나라의 주왕을 섬기었습니다. 전에는 주나라의 힘이 약했습니다. 그렇기 때문에 오랫동안 상나라(은나라의 옛 이름)를 섬겨 왔습니다. 그 의를 저버려서는 안 된다고 생각했기 때문입니다.

문왕이 죽자 아들인 무왕이 대를 이었습니다. 무왕도 오 년 동안 참으며 주왕이 마음을 바로잡아 옳은 정치를 하기를 기다렸지만, 주왕의 나쁜 정치는 날로 더해만 갔습니다.

"더는 참을 수가 없구나."

"죄없는 백성들과 의로운 신하들을 죽게 할 수는 없어."

마침내 무왕은 아버지인 문왕의 뜻을 지키지 못하고 주왕을 치기로 결심했습니다.

무왕이 주왕을 토벌할 때였습니다. 주왕의 군사들은 무왕의 군사들과 싸우지를 않았습니다. 오히려 앞선 병사들은 자기 뒤를 따르던 군사를 무찔렀습니다. 이것은 주왕의 군대 전열을 흩어지게 하려는 의도였습니다. 그만큼 주왕의 군사들도 주왕의 난폭한 정치에 지쳐 있었던 것입니다.

고려의 공민왕이 돌아가자 고려 왕씨의 정
통이 끊어져 버렸습니다. 그러자 권세를 잡으
려는 간신들이 들끓기 시작하였습니다. 나라
는 더 어지러워졌습니다.

　　나라의 기강은 형편없이 무너지고 백성들은
도탄에 빠졌습니다. 이때에 이성계 장군이 정
치적, 군사적 실권을 장악하고 어지러운 나라
의 기강을 바로잡고자 노력하였습니다.

　　공민왕을 이어 공양왕이 즉위하였습니다.

　　일부 왕족과 신하들은 공양왕 앞으로 나아
가 이성계를 가까이하면 분명 해를 입게 될
것이라고 말하였습니다.

　　"이성계 장군을 없애는 것이 가장 좋을 것
입니다."

　　"이성계 장군을 살려 두면 분명 먼 훗날 돌
이킬 수 없는 불행을 맞게 될 것입니다."

　　공양왕은 그 말을 믿었습니다. 그래서 이성
계 장군을 없애려 하였습니다. 그 사실을 미

리 눈치 챈 이성계 장군은 멀리 동북방으로 몸을 피할 생각을 하였습니다. 그러나 정도전, 남은 등이 말렸습니다.

"지금 물러나면 오히려 화가 더 크게 미칠 것입니다."

"그냥 조정에 남아서 나중을 기약하는 것이 옳을 것입니다."

그 사실을 알게 된, 이성계의 아들인 이방원이 가까운 사람들과 계책을 짰습니다. 그리고 힘으로 밀어붙여 공양왕을 폐하기에 이르렀습니다. 그 후, 이성계 장군은 권력을 잡아 조선을 일으켰습니다. 그리고 조선 1대 임금인 태조로 등극하게 되었습니다.

혼자서 읽어봐요

도과지일 : 창을 거꾸로 댄다는 뜻도 있지만, 아버지인 문왕이 섬기던 은나라를 아들인 무왕이 무찌르게 되었다는 뜻도 있습니다. 즉, 아버지의 뜻을

어졌다는 내용입니다.

선고 : 돌아가신 아버지. 선친이라고도 합니다.

지금까지의 글을 보면 중국의 고사, 특히 무왕의 혁명 사건을 많이 다룬 것을 읽을 수 있습니다. 이것을 '은주 혁명'이라고 합니다.

조선은 고려를 무너뜨리고 나라를 세웠습니다.

아무 까닭 없이 평화로운 나라를 무너뜨리고 새 나라를 세웠다면 백성들의 믿음을 얻지 못하게 될 것입니다. 용비어천가를 지은 까닭도 조선을 세운 뜻을 세상에 알리기 위함이었습니다. 그 본보기로 예전에 중국에서 있었던 '은주 혁명'을 앞세운 것입니다.

이성계가 고려를 무너뜨리고 조선을 세웠습니다. 이것은 주왕의 난폭한 정치를 보다 못한 무왕이 은 나라를 무너뜨린 것과 같다는 것입니다.

고려 왕실이 부패하여 백성들을 괴롭히기 때문이라는 것이지요.

제1장에 '옛 성현의 업적과 똑같으십니다'는 무왕의 은주 혁명과 이성계의 조선 건국이, 백성을 구하기 위해서 일으켰으므로 뜻이 같다는 내용입니다.

오 년 망 전　학 정 일 심　도 과 지 일　막 수 고 심
五年罔悛 虐政日深 倒戈之日 莫遂考心

시 일 청 참　흉 모 일 치　권 진 지 일　막 수 소 지
始日聽讒 凶謀日熾 勸進之日 莫遂素志

제13장

말씀을 살오리 하대 천명(天命)을
의심(疑心)하실쌔 꾸므로 뵈아시니

놀애를 브르리 하대 천명(天命)을
모르실쌔 꾸므로 알외시니

선생님과 함께 풀어 보기

　말씀을 아뢸 사람이 많지마는 하늘의 명을
의심하시므로 꿈으로 재촉하셨습니다.
　노래를 부르는 사람이 많지마는 하늘의 명
을 모르시므로 꿈으로 알리셨습니다.

선생님과 함께 해석하기

　살오리 하대 : 아뢸 사람이 많지마는
　천명(天命)을 : 하늘의 명을

60

꾸므로 뵈아시니 : 꿈으로 보였습니다.

놀애를 브르리 하대 : 노래를 부르는 사람이 많지마는

천명(天命)을 모르실쌔 : 하늘의 명을 모르시므로

꾸므로 알외시니 : 꿈으로 알리셨습니다.

재미있는 얽힌 이야기

무왕은 임금으로 등극하여 나라를 태평스럽게 만드는 데 힘썼습니다.

하루는 군대를 사열하기 위해 맹진이라는 곳에 갔는데, 약속도 없이 여러 지방의 제후들이 팔백 명이나 모여 있었습니다.

"주왕이 날로 포악해져 가니 반드시 물리쳐 백성들을 구해 내야 됩니다."

"주왕을 살려 두어서는 아니 됩니다."

제후들은 모두 이렇게 말하였습니다.

하지만 무왕은 움직이지 않았습니다.

"아직 하늘의 뜻이 확실하지 않다."

"조금 더 기다려 보도록 하자. 언젠가는 주왕도 자신의 잘못을 뉘우칠 날이 올 것이다."

무왕은 이런 말로 제후들을 다독였습니다.

그 후, 이 년이 지났습니다. 그렇지만 주왕의 폭정은 날로 더해지기만 했습니다.

"이미 하늘의 뜻이 정해져 있구나."

무왕은 마침내 주왕을 치기로 결심했습니다.

이성계 장군이 위화도에서 회군하니 위엄과 덕이 매우 높아졌습니다. 백성들 사이에는 이성계를 칭송하는 노래가 널리 퍼졌습니다.

서경 성밖은 불빛이요.

안주 성밖은 내 빛이로다.

이원수 이곳에 오가시어

우리 백성 구하시네.

또한, '나무 아들 나라 얻네'라는 노래도 입에서 입으로 전해졌습니다.

그러나 이성계 장군은 지위가 너무 높아지는 것을 두려워하였습니다.

"지위가 높아지면 시기하는 사람들이 생겨나게 될 것이다. 시기하는 사람들이 많아지면 결국 화를 입고 말 것인데, 큰일이로구나."

이렇게 생각한 이성계는 병을 핑계로 벼슬에서 물러나기를 요청하였습니다.

"절대 벼슬을 물러나서는 안 될 것이오."

공양왕은 이성계의 청을 물리쳤습니다.

어느 날, 이성계의 꿈에 하늘에서 내려온 신인이 나타났습니다.

신인은 금으로 된 자를 주었습니다.

"공은 자질이 문무를 겸하였고, 또한 백성들이 따른다. 그러니 나라를 바로잡을 이가 공이 아니고 누구이겠는가."

이렇게 말하고는 사라졌습니다.

'나무 아들 나라 얻네'를 한자로 쓰면 목자득국 (木子得國)이 됩니다.

목(木)자와 자(子)자를 합치면 이(李)자가 됩니다. 이(李)는 성입니다.

얻을 득(得), 나라 국(國). 그러니까 이씨가 나라를 얻는다는 것이니 장차 이성계가 나라를 일으킬 것이라는 뜻입니다.

이렇게 한자를 풀어 노래한 것을 '참요'라고 합니다.

한역시

헌 언 수 중 　 천 명 상 의 　 소 자 길 몽 　 제 내 취 이
獻言雖衆 天命尙疑 昭玆吉夢 帝迺趣而

구 가 수 중 　 천 명 미 지 　 소 자 길 몽 　 제 내 보 지
謳歌雖衆 天命靡知 昭玆吉夢 帝迺報之

제17장

궁녀(宮女)로 놀라샤미 궁감(宮監)의
다시언마란 문죄강도(問罪江都)를
느치리잇가

관기(官妓)로 노(怒)하샤미
관사(官使)의 다시언마란
조기삭방(肇基朔方)을 뵈아시니이다

선생님과 함께 풀어보기

궁녀 때문에 놀라심이 궁감의 탓이지마는
문죄강도를 늦출 수 있겠습니까.

관기로 노하심이 관사의 탓이지마는 조기삭
방을 재촉하셨습니다.

궁녀(宮女)로 놀라샤미 : 궁녀 때문에 놀라심이

다시언마란 : 탓이지마는

문죄강도(問罪江都)를 느치리잇가 : 문죄강도를 늦출 수 있겠습니까(당나라 고조가 강도에서 수양제의 죄를 물어 침을 뜻합니다. 강도는 땅 이름).

관기(官妓)로 : 관기 때문에

조기삭방(肇基朔方)을 : 북방에서 나라를 세울 터를 닦음을 뜻합니다.

뵈아시니이다 : 재촉하셨습니다.

재미있는 얽힌 이야기

당고조가 태원유수란 벼슬로 있을 때, 돌궐과 싸움에서 지고 말았습니다.

"큰일났구나. 나라에서 나를 가만 놔두지 않을 것이다."

고조는 몹시 걱정을 하였습니다. 걱정하고 있을 때, 둘째 아들인 이세민이 나섰습니다.

"지금 임금은 도가 없습니다. 그러므로 백

성들은 곤궁에 빠져 있습니다. 진양성 밖은 싸움터가 되었습니다. 지금 의병을 일으켜 임금을 무찌르면 화가 복으로 바뀔 것입니다."

이 말에 고조는 몹시 놀랐습니다. 그것은 나라를 무너뜨리는 역적이 되라는 뜻이었기 때문입니다.

"너희가 어찌 그런 말을 함부로 하느냐. 내 이제 너희를 잡아 현관에게 고할 것이다."

고조는 당장 아들을 고발하는 글을 쓰려고 하였습니다. 이세민이 고개를 숙이며 간곡하게 말하였습니다.

"하늘의 뜻과 사람의 마음을 헤아려 그렇게 말씀을 드린 것입니다. 저를 잡아 관가에 고하신다면 제가 먼저 죽을 수밖에 없습니다."

그러자 고조는 고개를 저었습니다.

"내가 어찌 너를 죽게 할 수 있겠느냐. 이제부터 그런 말은 아예 입 밖에 내지 말아라."

고조는 아들을 조용히 타일렀습니다.

진양에 배적이란 사람이 있었습니다. 그는 궁녀들을 다루는 궁감을 맡고 있었습니다.

　　그는 전에 궁녀 한 사람을 몰래 고조에게 바친 적이 있었습니다. 궁녀는 임금님만을 섬겨야 하므로 아무에게나 바치면 큰 죄가 되는 것입니다.

　　배적은 고조와 술을 마실 때, 이런 말을 하였습니다.

　　"둘째 아드님이 은밀히 사병을 길러서 큰 일을 일으키려고 한다는 소문이 있습니다. 만약 그 사실이 발각되면 역적이 되어 목숨을 잃을 것입니다. 그렇게 되면 저 역시 궁녀를 바친 일이 발각되어 죽음을 면치 못할 것입니다. 백성의 마음이 이미 공을 돕고 있습니다. 공의 뜻은 어떠합니까?"

　　묵묵히 듣고 있던 고조가 입을 열었습니다.

　　"내 아들이 정말로 그런 일을 꾀하고 있단 말인가. 일이 여기까지 이르렀다면 내가 달리

어쩔 것인가. 옳은 길이라면 따르겠노라."

그때에 수나라 임금 양제는 대군을 이끌고 세 차례나 고구려를 토벌하려 하였습니다. 그러나 을지문덕 등 고구려 군사에게 크게 패하여 뜻을 이루지 못하였습니다. 양제는 전쟁에서 패하고 돌아온 뒤, 지나치게 세금을 많이 걷고 호화스런 생활을 하였습니다. 그래서 민심을 크게 잃었습니다.

마침내 고조는 수양제를 치고, 당나라를 세웠습니다.

목조가 전주에 살 때였습니다. 관아에서 관리하는 관기의 일 때문에 전주 태수와 사이가 나빴습니다. 그래서 삼척으로 옮겨가서 살았습니다. 그런데 얼마 후, 전주 태수였던 사람이 삼척의 도 장관으로 온다는 소식이 들렸습니다. 그래서 다시 함경도 덕원으로 옮겨가 살았습니다.

위의 노래에서처럼 고조가 궁녀 때문에, 목
조가 관기 때문에 일어났던 일은 사람의 탓이
아니라는 것입니다. 이것은 불의를 미워하는
하늘이, 하늘의 뜻을 빨리 받아 당나라와 조
선을 세우도록 재촉하기 위해 벌인 일이란 것
입니다.

궁감 : 수나라 때 이궁을 지키던 벼슬아치
관기 : 옛날 관아에서 원을 섬기던 여자

한역시

궁아이경 궁감지우 문죄강도 기감유지
宮娥以驚 宮監之尤 問罪江都 其敢留止

관기이로 관리지실 조기삭방 실유취지
官妓以怒 官吏之失 肇基朔方 實維趣只

제18장

여산(驪山) 역도(役徒)를 일하샤
집으로 도라오실 제 열희 마음을
하늘히 달애시니

셔블 사자(使者)를 꺼리샤 바다를
건너실 제 이백 호(二百戶)를
어느 뉘 청(請)하니

선생님과 함께 풀어보기

여산에 보낼 일꾼들을 잃으시어 집으로 돌
아오실 때, 열 명의 마음을 하늘이 달래셨습
니다.

서울에서 온 사자를 꺼려하셔서 바다를 건
너실 때, 이백 호나 되는 사람들이 청하지도
않았는데 따라왔습니다.

여산(驪山) 역도(役徒)를 : 여산으로 보낼 일꾼들을

일하샤 : 잃으시어

열희 마음을 : 열 명의 마음을

하늘히 달래시니 : 하늘이 달래셨습니다.

사자(使者)를 꺼리샤 : 사자를 꺼려하셔서. 여기서 사자는 임금의 명을 받은 관리 즉 목조와 다투었던 별감을 뜻합니다.

이백 호를 : 이백 호나 되는 사람들을

어느 뉘 청(請)하니 : 어느 누가 청하였습니까.

한고조 유방이 벼슬할 때였습니다. 현관의 명에 따라서 일꾼들을 여산이란 곳으로 데리고 갔습니다. 그런데 도중에 일꾼들이 모두 도망을 치고 말았습니다. 너무 힘이 든 일이라는 소문이 퍼졌기 때문입니다. 너무 한꺼번에 도망을 쳐서 여산에 도착할 무렵이면 한

명도 남아나질 않을 것만 같았습니다.

"일을 그르치게 생겼구나."

"큰 벌을 받게 될 텐데, 큰일났구나."

유방의 걱정은 이만저만이 아니었습니다. 하지만 어찌해 볼 도리가 없었습니다.

풍서란 곳에 도착했을 때, 유방은 몇 명 남지 않은 일꾼들을 쳐다보며 입을 열었습니다.

"그대들은 다 집으로 돌아가라. 나도 이제부터 어디로든 갈 것이다."

이 말을 들은 일꾼들은 깜짝 놀랐습니다.

"무슨 말씀이십니까. 언제까지 뜻을 같이 할 것입니다."

열 명의 일꾼들이 끝까지 유방을 따르겠다고 나섰습니다.

이는 하늘이 일꾼들의 마음을 달래서 유방을 따르도록 한 것입니다.

목조가 전주에 있을 때였습니다. 관기의 일

로 그곳 별감과 다투고 삼척으로 옮겨가 살았습니다. 그런데 바로 그 별감이 강원도 안렴사로 부임해 왔습니다.

"분명 화가 미칠 것이니 몸을 피하는 것이 좋겠구나."

이렇게 생각한 목조는 함경도 덕원 경흥으로 다시 옮겨가기로 했습니다. 그 소문을 들은 이백여 호의 사람이 목조를 찾아왔습니다.

"우리도 같이 따를 것입니다."

"어딜 가시든 우리를 버리지 마십시오."

모두들 이렇게 입을 모았습니다. 이는 목조가 청해서 백성들이 따랐던 것이 아닙니다. 백성들이 스스로 목조 뒤를 따랐던 것입니다.

한역시

실 려 역 도　　언 귀 우 가　　유 십 인 심　　천 실 유 타
失驪役徒　言歸于家　維十人心　天實誘他

탄 탄 경 자　　원 섭 우 해　　유 이 백 호　　수 기 청 이
憚憚京者　爰涉于海　維二白戶　誰其請爾

제19장

구든 성을 모르샤 갈 길히 입더시니
셴 하나비를 하늘히 브리시니

꾀 한 도적을 모르샤 보리라 기드리시니
셴 할미를 하늘히 보내시니

선생님과 함께 풀어보기

굳은 성을 모르시어 갈 길이 헛갈리셨습니다. 그런데 머리가 센 할아버지를 하늘이 보내시어 길을 알려 주셨습니다.

꾀가 많은 도적을 모르시어 보려고 기다리셨습니다. 그런데 머리가 센 할머니를 하늘이 보내시어 몸을 피하도록 하였습니다.

구든 성을 : 굳은 성을

갈 길히 입더시니 : 갈 길이 헛갈리셨습니다.

센 하나비를 : 머리가 하얗게 센 할아버지를

하늘히 브리시니 : 하늘이 시키셨습니다.

꾀 한 도적을 : 꾀가 많은 도적을

모르샤 보리라 : 모르시어 보려고

기드리시니 : 기다렸습니다.

센 할미를 : 머리가 하얗게 센 할머니를

재미있는 얽힌 이야기

후한의 광무제는 스스로를 천자라고 뽐내는 왕랑을 치러 갔습니다. 그러나 운이 없어 오히려 성에 갇히게 되었습니다. 간신히 성문을 깨뜨리고 탈출을 하였으나 쫓기는 몸이 되었습니다.

산을 넘고 강을 건너 허둥지둥 도망쳤으나 적들은 계속 뒤를 따라왔습니다

더구나 날은 어둡고 폭우가 쏟아져 길까지

잃고 말았습니다.

　이때 머리가 하얗게 센 노인이 광무제 앞에 나타났습니다.

　"힘을 내십시오. 신도 고을은 아직 적의 손에 넘어가 있지 않습니다. 여기서 팔십 리밖에 되질 않습니다.

　이렇게 말하며 길을 일러주었습니다.

광무제는 노인이 가르쳐 준 길로 갔습니다. 그래서 위험을 면할 수 있었습니다. 그 노인은 하늘이 내린 사람이었습니다.

익조가 경흥에서 원나라의 벼슬을 하고 있을 때였습니다. 익조의 덕이 점점 높아지자, 여진의 벼슬아치들이 익조를 시기하여 죽이려 하였습니다.

"우리가 사냥을 떠나니 스무 날 동안은 만나지 말자."

그들은 이렇게 말하고 떠났습니다.

그러나 약속한 날이 다되어도 그들은 돌아오지 않았습니다. 익조는 그들이 돌아오면 맞이하려고 나갔습니다.

이때에 머리가 하얀 노파가 물동이를 이고 다가왔습니다. 익조는 물을 청했습니다.

"목이 몹시 마른데 물을 얻어 마실 수 있겠습니까?"

이 말에 노파는 물을 떠 주며 이렇게 말하였습니다.

"공께서는 모르실 것입니다. 이곳 사람들은 사냥을 간 것이 아니라 공을 해치려 군사를 청하러 간 것입니다. 귀공이 덕이 높아 애석해서 말씀드리지 않을 수가 없습니다."

익조는 노파의 말을 듣고 즉시 그곳을 떠났습니다. 그래서 목숨을 구할 수 있었습니다. 그 노파는 하늘이 보낸 신인이었습니다.

한역시

불식견성　즉미우행　파파노부　천지명혜
不識堅城　則迷于行　皤皤老父　天之命兮

미지점적　욕견이준　파파노구　천지명혜
靡知點賊　欲見以竣　皤皤老嫗　天之命兮

80

제 20 장

사해(四海)를 년글 주리여 가라매
배 업거늘 얼우시고 또 노기시니

삼한(三韓)을 나말 주리여 바라래
배 업거늘 녀토시고 또 기피시니

선생님과 함께 풀어 보기

사해를 다른 사람을 주겠는가. 강에 배조차 없는데 하늘이 강을 얼게 하여 몸을 피하게 하셨습니다. 또, 적이 쫓아오지 못하도록 녹게 하셨습니다.

삼한을 남을 주겠는가. 바다에 배가 없는데 하늘이 바다를 얕게 하시어 건너게 하셨습니다. 또, 깊게 하시어 적이 쫓아오지 못하게 하셨습니다.

사해(四海)를 년글 주리여 : 사해를 남을 주겠는
가.

가라매 배 업거늘 : 강에 배가 없거늘 * 가람〉강

얼우시고 또 노기시니 : 얼리시고 또 녹이셨습니
다.

삼한(三韓)을 나말 주리여 : 삼한을 남을 주겠는
가.

바라래 배 업거늘 : 바다에 배가 없거늘

녀토시고 : 얕게 하시고

또 기피시니 : 또 깊게 하셨습니다.

후한의 광무제가 왕랑의 군사들에게 쫓기다
가 호타라는 강에 이르렀습니다.

어딜 둘러보아도 배는 보이지 않았습니다.
앞에는 강, 뒤에는 적군이 까맣게 몰려오고
있었습니다.

"큰일났구나. 강을 건널 수도 없고 뒤로 나

82

아갈 수도 없구나."

광무제는 크게 걱정을 하였습니다. 하지만 그 순간, 물이 가득하던 강이 갑자기 얼기 시작하였습니다.

"강이 얼었다!"

"강을 건너자. 하늘이 우리를 돕고 있다!"

광무제와 군사들은 기뻐하며 강을 건넜습니다. 그런데 광무제와 그의 군사들이 강을 건너기가 무섭게 강물이 다시 불어났습니다.

적들은 강을 건너지 못하고 강 건너의 광무제와 군사들을 쳐다만 보고 있어야 했습니다.

이는 사해(중국)를 광무제에게 주기 위해 하늘이 그렇게 했던 것입니다.

익조가 여진의 벼슬아치들에게 쫓기다가 바다에 이르렀습니다. 넓은 바다에는 배 한 척 보이지 않았습니다. 뒤에서는 군사들이 쫓아오고 있었습니다.

그때였습니다. 갑자기 바닷물이 얕아지면서 바닷길을 만들었습니다.

"바닷길이 열렸다!"

익조 일행은 무사히 바다를 건널 수 있었습니다. 익조 일행이 바다를 건너자 물은 순식간에 불어나 바다를 이루었습니다. 적들은 더 이상 쫓아올 수가 없게 되었습니다. 이는 이성계로 하여금 삼한(조선)을 세우도록 하기 위해 하늘이 조상인 익조를 구했던 것입니다.

사해 : 중국을 말함

삼한 : 우리 나라를 말함

년글: 여느. 타인. 년글과 나말(남을)은 같은 뜻
임

한역시

유 피 사 해　긍 야 인 석　하 무 주 의　기 빙 우 석
維彼四海　肯也人錫　河無舟矣　旣氷又釋

유 차 삼 한　긍 야 인 임　해 무 주 의　기 천 우 심
維此三韓　肯也人任　海無舟矣　旣淺又深

제21장

하늘히 일워시니 적각선인(赤脚仙人)
아닌들 천하창생(天下蒼生)을
니자시리잇가

하늘히 갈해이시니 누비중
아닌들 해동여민(海東黎民)을
니자시리잇가

선생님과 함께 풀어보기

하늘이 이루신 일이시니 적각선인이 아니더
라도 온 나라 백성을 잊으시겠습니까.

하늘이 가려 주신 일이니 누비옷을 입은 중
이 아니더라도 해동의 백성을 잊으시겠습니
까.

하늘히 일워시니 : 하늘이 이루신 일이니

적각선인(赤脚仙人) 아닌들 : 적각선사가 아니더라도

천하창생(天下蒼生)을 : 온 세상의 백성들을

니자시리잇가 : 잊으시겠습니까.

갈해이시니 : 하늘이 가려 주신 일이니

누비중 아닌들 : 누비옷을 입은 중이 아니더라도

해동여민(海東黎民)을 : 해동의 백성을

송나라의 임금인 인종은 태어나서 밤낮으로 울기만 하였습니다. 그래서 아기 울음을 그치게 한다는 도인을 불렀습니다.

도인은 아기를 얼르기 시작하였습니다.

"울지 말아라. 울지 말아라. 애초에 웃지 말아야 했을 것을……."

도인이 이렇게 말을 하고 나자 아기는 울음을 뚝 그쳤습니다.

인종 임금이 태어나기 전에 아버지인 진종은 상제(하느님)에게 아들 얻기를 빌었습니다.

상제는 여러 신선들을 불렀습니다.

"누가 세상에 내려가서 진종의 아들이 되겠느냐?"

그러나 아무도 세상에 내려가 진종의 아들이 되겠다고 나서질 않았습니다. 그런데 적각대선이 빙긋이 웃었습니다. 그 모습을 본 상제는 곧 명을 내렸습니다.

"적각대선이 진종의 아들이 되어라."

그렇게 해서 진종의 아들로 태어난 적각대선은 상제 앞에서 웃었던 일이 후회스러워, 태어나서부터 계속 울기만 했던 것입니다.

그것을 안 도인이 "애당초 웃지 말았어야지." 하고 말하자, 그때에야 모든 것을 깨닫고 울음을 그친 것입니다.

적각이란 붉은 다리란 뜻입니다. 인종은 하

늘에서 그랬던 것처럼 맨발을 드러내고 다니기를 좋아했다고 합니다.

익조가 일찍이 부인인 정숙왕후와 함께 강원도 낙산 관음사에 가서 아들 얻기를 빌었습니다.

그랬더니 꿈에 누비옷을 입은 중이 나타났습니다.

"반드시 귀한 자식을 낳을 것이니 아기 이름을 선래로 지으라."

이렇게 말하고 사라졌습니다.

그 후, 아들인 도조가 태어났습니다. 도조의 어릴 때 이름이 선래인 것은 그 때문이었습니다.

혼자서 읽어봐요

적각선인 : 도교에서 말하는 신선 중의 하나. 벌건 다리를 드러내 놓고 다니므로 적각(붉은 다리)

선인이란 이름이 붙었다고 합니다.

　천하창생 : '천하'는 중국을 가리키는 말입니다. '창생'은 세상의 모든 사람, 백성들을 뜻합니다.

　해동여민 : '해동'은 발해의 동쪽이란 뜻으로, 우리 나라를 가리키는 말입니다. 이미 제1장에서 설명한 바 있습니다. '여민'은 관(벼슬)을 쓰지 않은 서민이란 뜻으로, 역시 백성을 뜻합니다

한역시

천기성지　비적각선　천하창생　기긍망언
天旣成之　匪赤却仙　天下蒼生　其肯忘焉

천방택의　비백납사　해동여민　기긍망사
天方擇矣　匪百衲師　海東黎民　其肯忘斯

제22장

적제(赤帝) 니러나시릴쌔 백제(白帝)
갈해 주그니 화덕지왕(火德之王)을
신파(神婆)가 알외사오니

흑룡(黑龍)이 사래 주거 백룡(白龍)을
살아내시니 자손지경(子孫之慶)을
신물(神物)이 사뢰오니

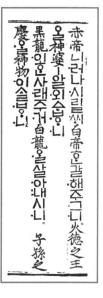

선생님과 함께 풀어 보기

적제가 일어나려 하심에 백제가 한칼에 죽
으니, 화덕지왕을 신의 노파가 알리었습니다.

흑룡이 한 개의 화살에 죽어 백룡을 살려
내시니, 자손들의 경사를 신령스런 짐승이 사
뢰었습니다.

적제(赤帝) : 붉은 황제가

니러나시릴쌔 : 일어나려 하시므로

백제 갈해 주그니 : 백제가 한칼에 죽으니

　　　　　　가래 : 칼에 * 갈>칼

신파(神婆)가 : 신의 노파가

알외사오니 : 알리었습니다.

흑룡(黑龍)이 : 검은 용이

사래 주거 : 화살에 맞아 죽어

자손지경(子孫之慶)을 : 자손의 경사스러움을

신물(神物)이 : 신령스러운 짐승이

사뢰오니 : 알려 주었습니다.

재미있는 얽힌 이야기

한고조 유방이 여러 명의 장정들과 여산으로 향하고 있을 때였습니다.

고조가 술을 마신 뒤에 좁은 길을 따라 연못가를 지나고 있었습니다.

이때에 앞서가던 한 장정이 외쳤습니다.

"저 앞에 큰 뱀이 있으니 돌아서 가십시오!"

"사내대장부가 그까짓 뱀을 무서워해서야 되겠는가."

고조는 소리치면서 달려갔습니다. 그리고 단칼에 뱀을 두 동강이 내 버렸습니다.

그런 뒤에 고조는 나무 아래에 누워 잠이 들었는데 한 장정이 뛰어와 고조를 깨웠습니다.

"뱀을 죽인 그 자리에서 어떤 노파가 통곡을 하고 있었습니다. 그래서 왜 우느냐고 물었더니, 어떤 자가 내 아들을 죽였기 때문에 운다고 했습니다. 그래서 무슨 일로 노파의 아들이 죽은 것이냐고 물었더니, 내 아들은 백제의 아들인데 뱀이 되어 길에 나왔다가 그만 적제 아들의 칼에 죽고 말았다고 했습니다. 그 말을 듣다 보니 너무 엉뚱해 매질을 하려고 하니, 곧 어디론가 흔적도 없이 사라져 버렸습니다."

이는 한왕조가 진왕조를 이길 징조를 보인

것입니다.

도조의 꿈에 한 사람이 나타났습니다.

"나는 백룡으로, 지금 아무 곳에 있는데 흑룡이 와서 내가 있는 곳을 빼앗으려 하니 공이 나를 좀 도와주시오."

그 사람이 이렇게 말하였습니다.

도조는 그 말을 대수롭지 않게 여기고 가만히 있었습니다.

그랬더니 다시 꿈에 나타나, 도와 달라고 또 간청하였습니다.

"공이 어찌하여 내 말을 믿지 않는 것이오. 어느 날 어느 시에 꼭 와서 도와주시오."

이렇게 거듭 간청하였습니다.

도조는 비로소 백룡의 꿈을 이상하게 생각하고, 일러준 날짜를 기다렸습니다.

그리고 그날이 되자 활을 메고 백룡이 있다는 장소를 찾아갔습니다. 그 장소에 다다르니 과연 구름과 안개가 자욱한데, 흑백 두 용이

맹렬히 싸우고 있었습니다.

도조는 활을 들어 한 살로 흑룡을 쏘아 넘어뜨렸습니다. 활을 맞은 흑룡은 연못 속으로 가라앉아 버렸습니다.

그 뒤, 꿈에 또 그 백룡이 나타났습니다.

"공의 자손에게 커다란 경사가 있을 것이오."

백룡은 이 말을 남기고 사라졌습니다.

이는 도조의 자손이 나라를 얻을 징조를 미리 보였던 것입니다.

혼자서 읽어봐요

적제 : 전한의 고조 유방을 말함.

화덕지왕 : 한나라는 화덕이라하여 붉은 빛을 숭상하였습니다. 화덕은 불로 덕을 쌓는다는 뜻입니다. 적제란 붉은 황제란 뜻이니, 모두 붉은 빛을 좋아한 데 따른 이름들입니다.

백제 : 진나라 영왕을 가리킵니다.

갈 : 예전에는 '칼'을 '갈'이라 했고, '코'도 '고'

라고 했습니다. 이렇게 거세게 발음하는 것을 거센 소리 되기 현상이라고 합니다.

한 나라가 탄생하면, 거기에는 나라를 세우기까지 여러 가지 이야기들이 있게 마련입니다.

그리고 이것은 건국 신화로 남게 됩니다. 건국 신화는 하늘이 도와준 이야기, 그리고 신비스럽고 기적 같은 이야기들이 가득 들어 있습니다. 22장뿐만 아니라 용비어천가에는 건국 신화적인 내용이 가득 들어 있습니다.

한역시

赤帝將興 白帝劍戮 火德之王 神婆告止
(적제장흥 백제검삼 화덕지왕 신파고지)

黑龍卽殪 白龍使活 子孫之慶 神物復止
(흑룡즉에 백룡사활 자손지경 신물복지)

제24장

남은 뜻 다르거늘 님그를 구(救)하시고
육합(六合)애도 정졸(精卒)을 자바시니

아우 뜻 다르거늘 나라해 도라오시고
쌍성(雙城)에도 역도(逆徒)를 평(平)하시니

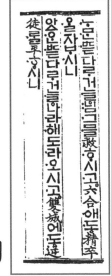

선생님과 함께 풀어보기

남들과는 뜻이 다르기 때문에 임금을 구하시고, 육합의 전투에서도 날쌘 군사들을 잡으셨습니다.

아우와는 뜻이 다르기 때문에 나라로 돌아오시고, 쌍성의 반역도들도 평정하셨습니다.

선생님과 함께 해석하기

남은 뜻 다르거늘 : 남들과는 뜻이 다르기 때문에

님그물 구(救)하시고 : 임금을 구하시고

육합(六合)애도 : 육합의 전투에서도

정졸(精卒)을 자바시니 : 날쌘 군사들을 잡으셨습니다.

아우 뜻 다르거늘 : 아우와는 뜻이 다르기 때문에

나라해 도라오시고 : 나라로 돌아오시고

역도(逆徒)를 평(平)하시니 : 역도들을 평정하셨습니다.

재미있는 읽힌 이야기

후주나라 세종 때였습니다.

북한나라의 유숭이 거란과 합세하여 후주로 쳐들어왔습니다. 그러자 후주의 장수들은 달아나거나 혹은 항복하였습니다. 그때에 세종을 호위하던 숙위장인 조광윤은 끝까지 세종을 지키며 북한의 군대와 싸웠습니다.

그리고 여기저기에서 싸움에 승리하여 세종을 도왔습니다.

세종이 후당을 칠 때에도 후당의 장수인 경

달을 육합이란 곳으로 유인해 크게 물리쳤습니다.

원나라 세조가 일본을 정벌하려고 천하의 병선을 모았습니다. 중국뿐 아니라 우리 나라에까지 도움을 청했습니다.

이때에 이성계의 증조 할아버지인 익조는 원나라에서 벼슬을 하고 있었습니다. 그래서 원나라의 명을 받들어 세 차례나 고려를 방문하여 충렬왕을 만났습니다.

충렬왕은 익조를 반갑게 맞이했습니다.

"그대는 본디 선비의 자손이니 어찌 근본을 잊겠는가. 이제 경의 행동으로 보아 그 마음씀을 알겠노라."

이는 원나라의 명을 쫓기 위해 일하고 있는 것이 아니라 고려를 돕기 위해 일하고 있다는 것을 충렬왕 자신이 알고 있다는 말입니다.

할아버지인 도조도 익조의 뜻을 이어 고려

조정에 와 충숙왕을 뵈었습니다. 충숙왕은 선물을 주며 고려에 충성할 것을 권했습니다.

아버지인 환조(이자춘)가 쌍성(영흥) 등지에서 천여 호를 거느리고 고려를 도왔습니다.

공민왕은 이렇게 말하였습니다.

"할아버지, 아버지가 몸은 비록 외변에 있었지만 마음은 늘 고려 왕실을 섬기었다. 지금 보니 너 또한 할아버지, 아버지와 똑같구나. 내가 너를 크게 이루도록 힘쓰겠다."

쌍성은 먼 변방이었지만 땅이 기름져서 살기에 좋았습니다. 그래서 우리 나라 사람들이 많이 가서 살았습니다.

환조는 그곳의 우리 나라 사람들을 잘 보살펴 주고 도와주었습니다. 그래서 사람들은 안심하고 생활할 수 있었습니다.

한번은 환조가 고려 조정에 들르니 왕이 몸소 맞이하였습니다.

"거친 백성들을 다스리기에 수고가 많을 것

이오."

이즈음 원의 대사도인 기철이란 자가, 쌍성에서 반란을 일삼는 자들과 짜고 반역을 꾀하였습니다.

공민왕은 이렇게 일렀습니다.

"경은 속히 돌아가서 변방의 백성들을 안심시키도록 하라. 만일 뜻밖의 사고가 생기거든 내 명에 따라 거행하라."

환조가 왕명을 받들어 군사를 이끌고 쌍성총관부를 쳤습니다. 반역자들은 변변히 싸워 보지도 못하고 모두 도망을 쳐 버렸습니다.

그렇게 해서 고려 고종 때에 원나라에 빼앗겼던 여러 고을을 모두 되찾았습니다.

실로 90년 만의 일이었습니다.

공민왕은 환조의 벼슬을 높여 주었습니다. 그리고 서울에 집을 지어 주고, 그곳에 머물게 하였습니다.

그러나 환조의 아우인 이자선은 끝내 고려

에 귀순하지 않았습니다.

혼자서 읽어봐요

남은 뜻 다르거늘 : 남들과는 뜻이 다르거늘. 다른 장수들은 달아나거나 항복했는데 조광윤만이 오직 임금을 구하기 위해 열심히 싸웠다는 뜻입니다.

아우 뜻 다르거늘 : 아우와 뜻이 다르거늘. 환조는 고려를 위해 열심히 싸워 공을 세웠습니다. 그러나 아우인 이자선은 끝내 원나라에서 돌아오지 않았습니다. 서로 뜻이 달랐기 때문입니다.

육합 : 동서남북, 상하, 온누리. 여기서는 지명을 말함

쌍성 : 함경도 영흥

역도 : 원나라 순제의 기황후의 오빠인 기철의 무리와 내통한, 쌍성 고을의 반역도

한역시

타 즉 의 이　아 구 궐 벽　우 피 육 합　우 섬 정 졸
他則意異 我救厥辟 于彼六合 又殲精卒

제 즉 의 이　아 환 궐 국　우 피 쌍 성　우 평 역 적
弟則意異 我還厥國 于彼雙城 又平逆賊

제27장

큰 화리 상례(常例) 아니샤
얼잡아 가초시와 제세재(濟世才)를
후인(後人)이 보옵나니

큰 사리 상례(常例) 아니샤
보시고 더디시나 명세재(命世才)를
즉일(卽日)에 깃그시니

큰 활이 예사 활과 같지 않았습니다. 얻어서 갖추신, 남달리 큰 화살을 후세 사람들이 봅니다.

큰 살이 예사 화살과 같지 않음을 보시고 내던져 버리셨습니다. 하지만 그 활 솜씨를 보시고 즉시 기뻐하셨습니다.

큰 화리 : 큰 활이

상례(常例) 아니샤 : 늘 같지 않으시어. 예사 활과 같지 않으셨습니다.

언잡아 : 얻어서

가초시와 : 갖추신

제세재(濟世才)를 : 활을

후인(後人)이 : 후세 사람들이

큰 사리 : 큰 화살이

더디시나 : 내던져 버렸습니다.

명세재(命世才)를 : 활을

즉일(卽日)에 : 즉시

재미있는 얽힌 이야기

당나라 태종 이세민의 활은 여느 활보다 갑절이나 컸습니다. 태종이 돌궐족과 싸울 때, 적병 하나가 칼을 뽑아 들고 태종을 향해 달려왔습니다.

태종이 큰 화살로 겨누어 쏘니, 적병이 가슴에 화살을 맞고 엎어져 죽었습니다.

106

"당태종은 하늘이 내린 사람이다!"

화살을 본 돌궐족들이 몹시 놀라며 소리 높여 외쳤습니다.

태조 이성계는 날아가면서 소리를 내는 대초전을 좋아했습니다. 살대도 싸리로 만들고, 학의 깃을 달았습니다.

그리고 고라니 뿔로 오늬를 만들었습니다. 살이 넓고 길며, 화살 촉도 무거워서 여느 화살과 매우 달랐습니다. 힘도 다른 활의 갑절이나 되었습니다.

어려서 이성계는 아버지인 환조를 따라 사냥을 갔습니다. 환조는 아들의 화살을 쥐어보고 몹시 놀란 표정을 지었습니다.

"이것은 사람이 쓰는 것이 아니다."

환조는 살을 땅에 던져 버렸습니다. 그러나 이성계는 땅에 떨어진 화살을 집어들어 다시 살통에 넣었습니다.

그 순간 노루 한 마리가 일행 앞으로 달려 왔습니다. 태조가 화살을 뽑아 쏘니, 노루는 그 자리에 넘어져 버렸습니다. 이렇게 일곱 번을 쏘아, 보이는 짐승을 모두 쓰러뜨리니 환조가 크게 기뻐하였습니다.

상례 : 보통의 예. 보통 사람의 것이란 뜻을 가지고 있는 말입니다.

제세재 : 세상을 다스리는 기구. 여기서는 당태종이 지녔던 큰 활을 말합니다.

명세재 : 세상을 다스려 호령하는, 재주로운 기구. 여기서는 이 태조가 지녔던 큰 활을 말합니다.

오늬 : 화살 머리를 시위에 끼도록 에어 낸 부분

한역시

대 호 비 상　득 언 장 지　제 세 지 재　후 인 상 지
大弧匪常 得言藏之 濟世之才 後人相之

대 전 비 상　견 언 척 지　명 세 지 재　즉 일 역 지
大箭匪常 見焉擲之 命世之才 卽日懌之

제30장

뒤헤는 모딘 도적 알패는 어드븐
길헤 업던 번게를 하늘히 발기시니

뒤헤는 모딘 즁생 알패는 기픈
모새 열븐 어르믈 하늘히 구티시니

선생님과 함께 풀어보기

　뒤에는 모진 도적, 앞에는 어두운 길에 없던 번개를 하늘이 밝히셨습니다.
　뒤에는 모진 짐승, 앞에는 깊은 못에 엷은 얼음을 하늘이 굳게 얼려 놓으셨습니다.

선생님과 함께 해석하기

　뒤헤는 : 뒤에는
　모딘 도적 : 모진 도적

알패는 : 앞에는

어드븐 길헤 : 어두운 길에

업던 번게를 : 없던 번개를

하늘히 발기시니 : 하늘이 밝히셨습니다.

모딘 중생 : 모진 짐승

기픈 모새 : 깊은 못에

열븐 어르믈 : 엷은 얼음을

구티시니 : 굳히셨습니다. 얼려 놓았습니다.

재미있는 얽힌 이야기

후당 태조 이극용이 임금이 되기 전, 변주라는 곳에 간 일이 있었습니다.

그런데 그곳 성주인 주전충이 성으로 들어오기를 권하였습니다. 태조는 성주의 호의를 거절하지 못하고 성으로 들어갔습니다. 주전충은 태조를 극진히 대접하였습니다. 그러나 이것은 태조를 없애려는 주전충의 계략이었습니다.

태조가 술에 취하여 쓰러지자 주전충은 군

사를 풀어 태조의 군사들을 쳤습니다. 그러나 태조는 그것을 알지 못한 채 잠에 곤히 빠져 있었습니다.

이것을 보고 시중을 드는 사람이 찬물을 뿌려 태조를 깨어나게 하였습니다.

"사태가 위급합니다. 몸을 피하십시오."

이 말을 들은 태조는 황급히 활을 집어 들고 몸을 피하려 하였습니다. 그러나 사방은 불길에 싸여 앞뒤를 분간할 수가 없었습니다.

이때에 하늘에서 뇌성벽력이 치더니 큰비가 내려 불을 껐습니다. 태조는 이 틈을 타서 군사 몇 명과 함께 밧줄을 타고 성밖으로 빠져 나올 수가 있었습니다.

성은 빠져 나왔으나 사방이 어두워 길을 알 수 없었습니다. 그러나 번갯불이 쳐서 길을 밝혀 주었으므로, 무사히 길을 찾아 목숨을 건질 수 있었습니다. 이는 모두 하늘이 태조를 도와 그렇게 한 것입니다.

태조 이성계가 어렸을 때에 사냥을 갔습니다. 숲 속을 지날 때, 큰 표범이 뛰어나와 달려들었습니다.

워낙 갑작스런 일이라 활을 겨눌 틈도 없었습니다. 그래서 말을 달려 몸을 피했습니다.

그러나 얼마 가지 않아 아주 깊은 연못을 만났습니다. 연못에는 엷은 얼음이 얼어 있었습니다. 이성계는 망설이지 않고 그대로 말을 달려 앞으로 나갔습니다. 그런데 말이 얼음 위를 달리자 얼음이 차츰 굳어지기 시작하였습니다. 이성계는 무사히 연못을 건널 수가 있었습니다. 이는 하늘이 태조를 도와준 것입니다.

후 유 활 적　전 유 암 정　유 엽 지 전　천 위 지 명
後有猾賊 前有暗程 有燁之電 天爲之明

후 유 맹 수　전 유 심 연　유 박 지 빙　천 위 지 견
後有猛獸 前有深淵 有薄之氷 天爲之堅

제31장

전 마리 현 버들 딘들
삼십 년(三十年) 천자(天子)이어시니
모딘 꾀를 일우리잇가

석벽(石壁)이 한잣 사인들
수만 리(數萬里)의 니미어시니
백인허공(百仞虛空)애 나리시리잇가

선생님과 함께 풀어보기

다리를 저는 말에서 몇 번이나 떨어진들 삼십 년 천자이시니, 모진 꾀를 이룰 수 있겠습니까.

석벽이 한 자 사이인들 수만 리의 임금이시니, 백 길이나 되는 허공으로 떨어지겠습니까.

　전 마리 : 다리를 저는 말이

　현 버늘 : 몇 번이나

　딘들 : 넘어진들

　천자(天子)이어시니 : 천자이십니다.

　모딘 꾀를 일우리잇가 : 모진 꾀를 이룰 수 있겠습니까.

　석벽(石壁)이 한잣 사인들 : 석벽이 한 자 사이인들

　니미어시니 : 임금이시니

　백인허공(百仞虛空)애 : 백 길이나 되는 허공으로

　나리시리잇가 : 떨어지겠습니까.

재미있는 얽힌 이야기

　당나라 고조가 성남이란 곳으로 아들 셋을 데리고 사냥을 갔습니다. 그리고 세 아들인 건성, 세민(당태종), 원길에게 활 재주를 겨루어 보라고 하였습니다.

　큰아들인 건성에게는 몸이 매우 크고 힘이 센 호마 한 마리가 있었습니다. 그러나 이 말은 넘어지기를 잘하였습니다.

건성은 세민에게 말을 주며 이렇게 말했습니다.

"이 말은 매우 잘 달리는 말이다. 수십 자 되는 시내도 쉽게 뛰어넘을 수 있지. 네가 말을 잘 타니 한번 타 보도록 하여라."

건성이 이렇게 말한 데에는 동생 세민을 말에서 떨어뜨려 죽이려는 계략이 숨어 있었습니다. 세민은 형의 말대로 말을 잡아타고 사슴을 쫓았습니다. 그런데 몇 발자국 못 가서 말이 넘어졌습니다.

하지만 말이 넘어지는 순간, 세민은 냉큼 말에서 뛰어내려 몇 발자국 앞에 섰습니다. 그런 뒤에 말이 일어서자 재빨리 말 위로 뛰어올라 또 달렸습니다.

그렇게 하기를 세 번이나 하였습니다. 그리고 사람들을 돌아보며 이렇게 말했습니다.

"형이 나를 죽이려 하지만 죽고 사는 것은

하늘에 달려 있는 것인데 어떻게 나를 함부로 죽일 수 있겠는가."

태조 이성계가 한번은 장단이란 곳으로 사냥을 나갔습니다. 코와 네 발이 희고 붉은 털을 가진 명마를 타고 높은 언덕 위로 올라갔습니다. 언덕 밑은 깊은 낭떠러지였습니다.

이때에 노루 두 마리가 나타나 언덕 아래로 달아났습니다. 태조가 곧 말을 달려 노루를 쫓아갔습니다.

험한 낭떠러지를 타고 달리자 신하들이 어쩔 줄을 몰라했습니다.

"어이구, 큰일났구나. 낭떠러지야!"

신하들은 비명을 질렀습니다. 하지만 태조는 망설이지 않고 달려가 화살을 쏘아 노루를 쓰러뜨렸습니다.

보고 있던 신하들이 손뼉을 치며 탄복하였습니다.

"내가 아니고는 이런 곳에 멈출 수가 없다."

태조는 타고 있던 명마를 쓰다듬어 주며 한
바탕 크게 웃었습니다.

혼자서 읽어봐요

삼십 년 천자 : 당나라 태종이 23년 간 나라를 다
스렸음을 말하는 것입니다.

수만 리의 니미어시니 : 수만 리의 임금이시니.
우리 나라(조선)를 다스릴 태조 이성계를 말하는 것
입니다.

한역시

원유권마　수즉루궐　삼십년황　한모하제
爰有蹇馬　雖則屢蹶　三十年皇　悍謀何濟

원유석벽　간불용척　수만리주　현애기질
爰有石壁　間不容尺　數萬里主　懸崖其跌

제34장

믈 깊고 배 업건마란 하늘히 명(命)
하실쌔 말 톤 자히 건너시니이다

성(城) 높고 다리 업건마란 하늘히
도바실쌔 말 톤 자히 나리시니이다

선생님과 함께 풀어 보기

물이 깊고 배가 없었지마는 하늘이 명하시
므로 말을 탄 채 건너셨습니다.

성이 높고 사닥다리가 없었지마는 하늘이
도우시므로 말을 탄 채 내려오셨습니다.

선생님과 함께 해석하기

믈 깊고 : 물이 깊고

배 업건마란 : 배가 없었지마는

하늘이 명 하실쌔 : 하늘이 명하시므로

말 톤 자히 건너시니이다 : 말 탄 채로 건너셨습니다.

하늘히 도바실쌔 : 하늘이 도우시므로

재미있는 얽힌 이야기

금나라 태조가 요나라의 황룡부를 치려고 혼동강에 다다랐습니다. 그런데 깊은 강에 배가 없어서 건널 수가 없었습니다. 태조는 한 사람을 시켜 앞을 인도하게 하였습니다. 그리고 말을 타고 강물로 들어섰습니다.

"내 채찍을 보고 따르라."

태조는 부하들에게 명하고 강을 건너기 시작하였습니다.

모든 군사가 태조를 따라 강을 건너기 시작하였습니다.

그런데 물의 깊이가 겨우 말의 배 근처에까지밖에 미치지 않았습니다.

강을 다 건넌 다음, 사공을 시켜 건너온 강
물의 깊이를 재, 보라고 하였습니다.

"그 깊이가 워낙 깊어서 헤아릴 수가 없습
니다."

사공은 이렇게 말했습니다.

태조는 곧 군사들을 이끌고 나아가 황룡부
를 쳤습니다.

고려 때에는 홍건적의 침입이 매우 심했습
니다. 어느 때에는 이십만의 홍건적이 서울
송도에까지 침입해 오기도 하였습니다.

이성계 장군이 적과 싸우러 나갔습니다. 홍
건적들은 방루를 쌓고 굳게 지켰습니다.

이성계 장군은 군사들로 하여금 방루를 에
워싸도록 하였습니다.

밤이 되었습니다. 밤이 깊어지자 적들은 포
위를 뚫고 달아나려 하였습니다.

고려 군사들이 달아나려는 적들을 힘껏 막

았습니다.

도망가려는 적과, 달아나는 적을 막으려는 고려 군사의 충돌로 성은 삽시간에 아수라장이 되었습니다.

그때에 적군 하나가 몰래 이성계 장군 뒤로 왔습니다. 그리고 창으로 이성계 장군의 귀 뒤를 찔렀습니다.

적군이 앞뒤로 에워싸고 있어서 사태가 위급한 지경이었습니다.

이성계 장군은 칼을 빼어 들고 앞에 있던 칠팔 명의 적을 베었습니다. 그리고 말을 타고 성을 뛰어넘었습니다.

성벽은 높았지만 넘어지지 않고 무사히 땅 아래로 내려설 수 있었습니다.

그 모습을 본 사람들은 모두 하늘이 내린 기적이라고 감탄하였습니다.

자히 : 현대어 '채'로 해석할 수 있습니다.

한역시

강 지 심 의　　수 무 주 의　　천 지 명 의　　승 마 절 류
江之深矣　雖無舟矣　天之命矣　乘馬截流

성 지 고 의　　수 무 제 의　　천 지 우 의　　약 마 불 치
城之高矣　雖無梯矣　天誌佑矣　躍馬不馳

제35장

셔블 긔벼를 알쌔 호올로 나아가샤
모딘 도적을 믈리시니이다

스가블 군마(軍馬)를 이길쌔 호올로
믈리조치샤 모딘 도적을 자바시니이다

선생님과 함께 풀어보기

서울의 기별을 알므로 혼자 나가시어 모진
도적을 물리치셨습니다.

시골의 군마를 이기므로 혼자 물러나 쫓기
시어 모진 도적을 잡으셨습니다.

선생님과 함께 해석하기

셔블 긔벼를 : 서울의 기별을

알새 : 알므로

호올로 : 혼자서

나아가샤 : 나가시어

믈리시니이다 : 물리치셨습니다.

스가블 : 시골의

이길쌔 : 이기므로

믈리조치샤 : 물러나 쫓기시어. 작전상 후퇴를 하시어

자바시니이다 : 잡으셨습니다.

재미있는 얽힌 이야기

당나라 태종이 처음 임금에 오르자 돌궐 족이 침입해 왔습니다.

태종은 그의 형인 건성, 아우 원길과 싸워서 이기고 왕위에 올랐기 때문에, 그 사실을 알고 있던 돌궐족은 당나라가 매우 어지러울 것이라고 생각했습니다.

돌궐의 우두머리 격인 힐리가한은 부하인 사력이 백만 대군을 이끌고 당나라로 쳐들어갈 것이라고 큰소리를 쳤습니다.

그 소리를 들은 당태종은 힐리가한을 몹시
꾸짖은 뒤, 군대를 모았습니다. 그러자 모여
든 군사의 수가 들판을 덮었습니다.

이것을 본 힐리가한은 매우 두려워하며 화
의를 청하였습니다. 태종은 이를 허락하였습
니다. 태종과 힐리가한은 흰말 한 마리를 칼
로 베었습니다. 그리고 서로 친하게 지낼 것
을 굳게 약속하였습니다. 돌궐족은 즉시 물러
났습니다.

원나라 승상인 나하출이 우리 나라 북쪽 홍
원의 다대골 등지로 수만의 군사를 거느리고
쳐들어왔습니다.

고려의 공민왕은 이성계 장군을 동북병마사
로 임명하여 적을 막도록 하였습니다.

이성계 장군은 나하출과 여러 번 싸워 번번
이 이겼습니다.

이성계 장군이 송원이란 곳에서 싸울 때,

혼자서 말을 달리고 있는데 적의 장수 셋이 한꺼번에 달려들었습니다.

이성계 장군은 거짓으로 달아나는 척하면서 적을 유인했습니다. 이런 줄도 모르는 적장 셋은 공을 세우려고 다투어 이성계 장군의 뒤를 바싹 따라왔습니다.

얼마를 달리던 이성계 장군은 갑자기 말고삐를 옆으로 챈 뒤, 살짝 몸을 피했습니다.

달려오던 적장 셋은 미처 그 자리에 서지 못하고 앞으로 그냥 달려나갔습니다. 이성계 장군은 그 자리에 서서 달려가는 적장 세 명의 등뒤에 화살을 날렸습니다.

화살에 맞은 적장 셋은 모두 말에서 떨어져 죽었습니다.

혼자서 읽어 봐요

예전에는 약속을 지키려고 할 때, 흰말의 목을 베어 그것을 약속의 표시로 삼았습니다.

130

형 차 경 모　경 기 독 예　유 피 칙 적　수 능 퇴 지
詗此京耗　輕騎獨詣　維彼勅賊　遂能退之

극 피 향 병　정 신 양 북　유 차 흉 적　수 능 획 지
克彼鄉兵　挺身陽北　維此凶賊　遂能獲之

셔블 적신(賊臣)이 잇고

한부니 천명(天命)이실쌔 꺼딘

말을 하늘히 내시니

나라해 충신(忠臣)이 업고

호올로 지성(至誠) 이실쌔

여린 흙을 하늘히 구티시니

선생님과 함께 풀어 보기

서울에는 적신이 있고, 한 분 목숨이 하늘에 달려 있었습니다. 그래서 물에 빠진 말을 하늘이 꺼내셨습니다.

나라에는 충신이 없고, 혼자 지성이셨습니다. 그래서 여린 흙을 하늘이 굳게 하셨습니다.

셔블 적신이 잇고 : 서울에는 적신(간신)이 있고

한부니 천명이실쌔 : 한 분의 목숨이 하늘에 달려 있으므로

꺼딘 말을 하늘이 내시니 : 물에 빠진 말을 하늘이 꺼내셨습니다.

나라헤 충신이 업고 : 나라에는 충신이 없고

호올로 지성(至誠)이실쌔 : 혼자서 지성이시므로

하늘이 구티시니 : 하늘이 굳게 하셨습니다.

재미있는 얽힌 이야기

조조는 후한의 마지막 황제인 헌제를 허현이란 장소에 옮겨 놓았습니다. 그리고 이제는 자신이 대장군이라며 뽐내었습니다.

그런 뒤 스스로를 무평후로 봉하고 나라의 권한을 잡아 쥐었습니다. 천자인 헌제는 권한이 없는 허수아비 황제가 되었습니다.

이때에 촉나라 유비가 번성이란 곳에 있었는데, 조조의 신하인 유표가 찾아왔습니다.

그는 유비가 장차 큰 인물이 될 것이라고 생각했습니다. 그래서 잔치를 베풀어 유비를 죽이려고 하였습니다.

그 계략을 눈치 챈 유비는 뒷간에 간다고 하고는 몰래 그곳을 빠져 나왔습니다. 그리고 적로라고 하는 말을 타고 도망을 쳤습니다.

그런데 단계수란 곳에 이르렀을 때, 말이 물에 빠져 허우적거렸습니다.

뒤에서는 적들이 쫓아왔으므로 매우 위태로운 지경에 이르게 되었습니다. 유비가 적로에게 이렇게 말했습니다.

"적로여, 오늘은 액이 있는 날이로다. 좀더 힘을 써 다오."

그러자 적로가 힘을 내어 세 길이나 솟구쳐 올랐습니다. 그래서 유비는 그곳을 무사히 빠져 나올 수가 있었습니다.

원나라 최후의 황제인 원순제가 기후라는

사람이 꾸민 말을 듣고 고려로 쳐들어왔습니다.

공민왕은 이성계 장군으로 하여금 적을 막게 하였습니다.

이성계 장군은 정주의 달내에서 적을 맞아 용감히 싸웠습니다.

그런데 말이 발을 잘못 디디어 흙구덩이에 빠지고 말았습니다.

매우 위태로운 지경에 빠져 있었기 때문에 사람들이 걱정을 했습니다.

그런데 타고 있던 말이 한꺼번에 힘을 내어 구덩이 위로 솟구쳐 올라왔습니다. 보고 있던 사람들이 모두 경탄하였습니다.

혼자서 읽어봐요

조조는 중국 소설 '삼국지'에 나오는 인물입니다. 어떤 사람은 세상에 다시없이 꾀 많은 사람이라고 하기도 합니다. 또, 어떤 사람은 진정한 영웅이라고 말하기도 합니다.

　삼국지를 읽어 본 사람이라면 대개 유비가 실제
주인공이라는 것을 알게 됩니다. 유비는 장비, 관우
등과 도원에서 의형제를 맺고, 나라를 세우기 위해
온갖 힘을 기울였습니다.

한역시

조유적신　일인유명　타익지마　천사지선
朝有賊臣　一人有命　墮溺之馬　天使之選

국무충신　독아지성　니뇨지지　천위지응
國貿忠臣　獨我至誠　泥淖之地　千爲之凝

제39장

초국(楚國)엣 천자기(天子氣)를
행행(行幸)으로 마가시니 님금의
마음이 긔 아니 어리시니.

압강(鴨江)앳 장군기(將軍氣)를
아모 위(爲)하다 하시니 님금
말쌈이 긔 아니 올하시니

선생님과 함께 풀어 보기

초나라에 천자의 기운이 있다고 하여, 임금
이 몸소 나가 막았습니다. 그러니 임금의 마
음이 그 아니 어리석겠습니까.

압록강에 장군의 기운이 어리니, 임금은 그
기운은 아무개의 것이라 하셨습니다. 그러니
임금의 말씀이 그 아니 옳겠습니까.

초국(楚國)엣 : 초나라에

천자기(天子氣)를 : 천자의 기운이 있다고 하여

행행(行幸)으로 마가시니 : 몸소 나가 막으시니

긔 아니 어리시니 : 그 아니 어리석겠습니까.

압강(鴨江)앳 : 압록강에

장군기(將軍氣)를 : 장군의 기운이 어리니

아모 : 아무개의

위(爲)하다 하시니 : 것이라 하셨습니다.

긔 아니 올하시니 : 그 아니 옳겠습니까.

재미있는 얽힌 이야기

초나라가 있는 동남방에 천자의 기운이 있다는 소문이 돌았습니다.

진나라 진시왕은 그 말을 듣고 즉시 부하들을 데리고 달려가서 그 기운을 막았습니다.

그러나 끝내는 그곳에서 유방이라는 사람이 나와 진나라를 멸망시켰습니다.

유방은 한나라를 세웠습니다. 미래를 내다

보지 못한 진시왕이 어리석었다는 말입니다.

　고려 공민왕이 북쪽의 원나라와 관계를 끊고자 싸움을 일으켰습니다.

　공민왕은 이성계 장군에게 기병 오천, 보병 일만을 주어 동녕부(고려의 국경 지명)를 치게 하였습니다.

　이성계 장군이 압록강을 건너자 보랏빛 기운이 가득히 어렸습니다. 공민왕이 이를 보고 말하였습니다.

　"내가 이성계를 보냈더니 필시 그 때문일 것이다."

　이성계 장군은 야둔이란 곳에 이르렀습니다. 적장인 이우로티믈이 나와 창과 칼을 휘두르며 싸웠습니다. 그러나 이우로티믈은 힘이 부족하자 병장기를 버리고 이성계 장군 앞에 엎드려 두 번 절을 했습니다. 그리고 삼백여 호의 사람들을 데리고 항복하였습니다.

공민왕이 봤던 보랏빛 기운은 바로 이성계 장군이 그 싸움에서 이길 것이라는, 하늘의 계시였습니다.

혼자서 읽어봐요

행행 : 임금님이 궁궐 밖으로 거동하는 것을 말합니다.

진시왕은 진나라를 세우고 맨 처음 중국을 통일한 임금입니다. 그러나 이, 대를 넘기지 못하고 유방에게 멸망당하고 말았습니다.

아모 위하다 : 아모는 아무개, 즉 이성계를 가르키는 말입니다. 그러니까 '이성계의 기운이다' 라는 뜻입니다.

한역시

楚國王氣 遊幸厭之 維君之心 不其爲癡
초국왕기 유행염지 유군지심 불기위치

鴨江將氣 日爲某焉 維王之言 不其爲然
압강장기 일위모언 유왕지언 불기위연

제41장

동정(東征)에 공(功)이 못이나

소략(所掠)을 다 노하샤

환호지성(歡呼之聲)이

도상(道上)애 가득하니

서정(西征)에 공(功)이 일어늘

소획(所獲)을 다 도로 주샤

인의지병(仁義之兵)을

요좌(遼左)가 깃사바니

동쪽 정벌에 성공을 하지 못했으나, 잡은 고구려 포로들을 다 놓아주셨습니다. 그러자 환호성이 길 위에 가득했습니다.

서쪽 정벌에 공을 이루었으나, 포로와 전리

품을 다 풀어 주고 돌려주셨습니다. 그러자 어질고 의를 지키는 군사들을 보고 동녕부 사람들은 모두 기뻐했습니다.

선생님과 함께 해석하기

동정(東征)에 : 동쪽 정벌에

공(功)이 못이나 : 공을 이루지 못하였으나

소략(所掠)을 : 고구려의 포로들을

다 노하샤 : 다 놓아주셨습니다.

환호지성(歡呼之聲)이 : 환호성이

도상(道上)애 가득하니 : 길 위에 가득했습니다.

서정(西征)에 : 서쪽 정벌에

공(功)이 일어늘 : 공을 이루었으나

소획(所獲)을 : 포로와 전리품을

다 도로 주샤 : 다 풀어 주고 돌려주었습니다.

인의지병(仁義之兵)을 : 어질고 의로운 군사들을 보고

요좌(遼左)가 : 동녕부 사람들은

깃사바니 : 모두 기뻐했습니다.

당나라 태종은 "고구려의 연개소문이 임금을 죽이고 백성들을 학대한다."고 떠도는 말을 듣고 몹시 화를 내며 고구려를 쳤습니다.

보장왕 삼 년에 안시성을 포위하고 공격했습니다. 그러나 고구려의 방어가 튼튼하여 깨뜨리지 못했습니다.

또 요동의 추위가 심하고, 식량도 떨어졌습니다. 태종은 군사를 돌려 되돌아갔습니다.

당태종은 돌아가는 도중에 사로잡은 고구려 백성을 불쌍하게 여겨, 포로 일만사천 명을 모두 풀어 주었습니다.

원래는 공을 세운 군사들에게 상으로 나누어 주려던 참이었습니다. 그러자 풀려난 고구려 백성들의 환호 소리가 사흘 동안이나 끊이지 않았습니다.

고려 공민왕이 이성계 장군을 동북면 원수

144

로 삼아 원나라 동녕부를 치도록 하였습니다.

이성계는 끝까지 항거하는, 추장인 고안위의 군대를 무찔렀습니다.

이 싸움의 승리로 이성계 장군은 소 이천 마리와 말 백여 마리를 노획하였지만, 그것을 그 주인들에게 다시 돌려주었습니다. 북방의 백성들은 크게 기뻐하였습니다. 그 후, 고려로 귀화하는 사람들이 시장을 이루었습니다.

동정 : 동방을 정벌함. 여기서는 당태종이 고구려로 쳐들어 왔던 일을 말합니다.

소략 : 포로 또는 싸움에 이겨 빼앗은 전리품

서정 : 여기서는 이성계의 원나라 반격을 말합니다. 몽골족이 세운 원나라는 오랫동안 고려를 지배하였습니다. 그러나 힘이 점점 약해지자 고려가 원나라를 치기 시작하였습니다.

요좌 : 동녕부를 말합니다.

한역시

동 정 무 공　진 방 소 략　환 호 지 성　도 상 양 일
東征無功 盡放所掠 歡呼之聲 道上洋溢

서 정 건 공　진 환 소 획　인 의 지 병　요 좌 열 복
西征建功 盡還所獲 仁義之兵 遼左悅服

제42장

서행(西幸)이 하마 오라샤 각단(角端)이
말하야늘 술사(述士)를 종(從)하시니

동녕(東寧)을 하마 아스샤 구루미
비취여늘 일관(日官)을 종(從)하시니

선생님과 함께 풀어보기

서행이 이미 오래시어 각단이 말하거늘, 술
사의 말을 따르셨습니다.

동녕을 이미 빼앗으시어 구름이 비치거늘,
일관의 말을 따르셨습니다.

선생님과 함께 해석하기

서행(西幸)이 하마 오라샤 : 서행이 이미 오래되
시어

술사(述士)를 : 술사의 말을

종(從)하시니 : 따르셨습니다.

동녕(東寧)을 하마 아스샤 : 동녕을 이미 빼앗으시어

구루미 : 구름이

비취여늘 : 비치거늘

일관(日官)을 종(從)하시니 : 일관의 말을 따르셨습니다.

재미있는 얽힌 이야기

원나라 태조가 회회국을 쳤습니다. 회회 왕이 몸을 피해 섬에 숨어 있다가 열흘 만에 굶어 죽었습니다. 원태조는 군사를 동원하여 이곳 저곳을 점령하였습니다.

인도 철문관에 이르렀는데 이상한 짐승이 나타났습니다. 노루 몸집에 말 꼬리를 달고, 뿔이 하나 있었으며, 털은 초록빛이었습니다.

"너희 군사는 빨리 돌아가라!"

그 짐승은 사람의 말로 명령하였습니다.

원태조가 괴상하게 여겨, 술사인 야율초재에게 어떤 일인가 물었습니다.

"이 짐승은 각단이라고 합니다. 하루에 일만팔천 리를 가며, 네 나라 오랑캐의 말을 알아듣습니다. 황제께서는 대군을 몰고 사 년 동안 전쟁을 치러 많은 사람을 죽였습니다. 하느님이 이를 미워하시어, 이 짐승을 보내 폐하에게 고하는 것입니다. 바라옵건대 폐하께서는 하늘의 뜻을 받아 살상을 그치시고, 하늘의 복을 받으십시오."

이 말을 들은 원태조는 그곳을 떠났습니다.

원나라가 점점 힘이 쇠약하여 망하게 되었습니다. 그러나 남은 사람 중에서 고려에 원한을 품은 사람들이 있었습니다. 그들은 군대를 모아서 고려로 쳐들어왔습니다.

공민왕은 이성계 장군으로 하여금 그들을 물리치게 하였습니다. 이성계 장군은 적을 맞

아 열심히 싸웠습니다. 그래서 가는 곳마다 싸움에 이겼습니다.

그러나 도망갔던 적의 장수들이 다시 공격할 기회를 노리고 있었습니다.

이성계 장군은 요양성 서쪽에 진을 치고 군사들을 쉬게 했습니다. 그날 밤, 하늘에서 붉은 기운이 군영을 태울 듯이 내리비쳤습니다.

일관이 말하였습니다.

"이상한 기운이 군영을 쏘고 있으니 다른 곳으로 군영을 옮기는 것이 좋겠습니다."

이성계 장군은 이 말을 듣고 다른 곳으로 군영을 옮기었습니다. 그리고 병졸들을 시켜 화장실과 마구간을 짓도록 하였습니다.

적장인 나하출이 이틀 동안이나 뒤를 따라오며 고려 군사의 행동을 살폈습니다.

"화장실과 마구간까지 지었고, 군용이 갖춰졌으니 덮쳐 봐야 소용없다."

이렇게 말하고는 물러갔습니다.

서행 : 서방 정벌. 원태조가 회회를 정벌한 것을 말합니다. 회회는 지금의 중동 국가인 이란, 이라크, 터키 등을 말합니다. 원태조는 칭기스칸이라고 부르기도 합니다. 몽고족을 통일하고 동서양에 대제국을 건설한 역사상 인물이며 본명은 테무진입니다.

각단 : 노루 모양의 몸집에 말 꼬리 모양을 하고 털은 초록색이며, 뿔이 하나인 짐승. 하루에 일만삼천 리를 달리며 사람 말을 알아듣는다는 전설상의 짐승

동녕 : 앞 장에서 말한, 이성계가 원나라에 반격한 것을 말합니다.

일관 : 고려 때에 기상을 살피던 벼슬아치. 날씨를 점치는 사람

한역시

서 행 기 구　각 단 유 어　술 사 지 청　우 이 허 지
西幸旣久 角端有語 術士之請 于以許之

동 녕 기 취　적 기 조 영　일 관 지 점　우 이 청 지
東寧旣取 赤氣照營 日官之占 于以聽之

제44장

노라샛 방오리실쌔 말 우희 니어
티시나 이군(二軍) 국수(鞠手)뿐
깃그이니다

군명(君命)엣 방오리어늘 말 겨틔
엇마그시니 구규(九逵) 도인(都人)이
다 놀라사오니

선생님과 함께 풀어 보기

놀이의 방울이므로 말 위에 이어 치시나,
양편의 국수만 즐거워합니다.

군명의 방울이므로 말 곁에 엇막으시니, 서
울 거리의 구경꾼들이 다 놀라워하십니다.

노라샛 방오리실쌔 : 놀이의 방울이므로

말 우희 : 말 위에

니어 : 이어

티시나 : 치시나

이군(二軍) 국수(鞠手)뿐 : 양편의 국수만

깃그니이다 : 기뻐하였습니다.

군명(君命)엣 방오리어늘 : 군명의 방울이므로

겨틔 엇막으시니 : 곁에 비스듬히 막으시니

구규(九逵) 도인(都人)이 : 서울 거리 구경꾼들이

다 놀라사오니 : 다 놀라워하십니다.

재미있는 얽힌 이야기

당나라 임금인 선종은 나라일을 잘 보살폈습니다. 그래서 백성의 신임이 두터웠습니다.

선종은 활 쏘기, 공 치기 등 무예와 운동에도 뛰어난 자질을 갖추고 있었습니다.

한번은 공을 차는데, 채로 세차게 공을 허공으로 띄우고 잇대어 받아치기를 수백 번이

나 하였습니다

그러면서도 쉬지 않고 말을 달렸습니다. 그런데 그 빠르기가 번개와 같아서, 양편의 노국수들이 모두 그 묘기에 감탄하였습니다.

고려에서는 매년 오월 단옷날이면 무관과 사대부의 자제들을 뽑아 공 치기 내기를 시켰습니다.

공민왕 때, 태조 이성계도 국수로 뽑히어 공을 쳤습니다.

공을 칠 때에는 말을 타고 했으므로, 말 타기와 공 치기 기술을 같이 익혀야 했습니다.

이성계는 가장 어려운 '엇마기' 기술까지도 멋지게 해 보였습니다.

"듣도 보도 못한 솜씨야."

"역시 하늘에서 내린 사람 같지 않아?"

장안 사람들은 모두 이성계의 솜씨에 놀라워했습니다.

방오리 : 방울. 격구에서 사용했던 공

국수 : 격구를 하는 사람. 격구는 말을 타고 긴 막대기로 공을 치는 옛날 놀이입니다. 지금의 하키와 골프를 합친 것 같은 경기로 페르시아에서 당나라로, 그리고 고구려와 신라로 들어왔다고 합니다. 궁중에서는 걸어 다니며 공을 구멍에 넣는 보행 격구도 유행했다고 합니다.

이군 : 경기는 양편이 나누어 하는 것이므로 백군 청군처럼 양군, 즉 이군이라고 하였습니다.

군명엣 ; 군명의. 임금의 명으로 뽑히어서 국수가 되었다는 말입니다.

엇마기 : 왼쪽으로 빗나가는 공을 땅에 몸이 닿도록 굽혀 공을 맞혀 골문 안으로 들어가게 하고 다시 말 위로 오르는 기술을 말합니다.

구규 : 번화한 거리, 즉 '사통오달'이라고 하면 네 군데로 통하고 다섯 군데에 도달하는 큰길을 말합니다. 구달이라면 아홉 군데에 도달하는 길이니 얼마나 번화한 길이겠습니까.

희희지구 마상연격 이군국수 독자열역
嬉戲之毬 馬上連擊 二軍鞠手 獨自悅懌

군명지구 마외횡방 구규도인 실경찬양
軍命之毬 馬外橫防 九逵都人 悉驚讚揚

제46장

현군(賢君)을 내오리라 하늘히
부마(駙馬)를 달애샤 두 공작(孔雀)일
그리시니이다

성무(聖武)를 뵈오리라 하늘히
님금 달애샤 열 은경(銀鏡)을
노하시니이다

현명한 임금을 내려고 하늘이 부마를 달래
시어 공작 두 마리를 그리십니다.

성스런 무예를 보이려고 하늘이 임금을 달
래시어 열 개의 은거울을 놓으십니다.

현군(賢君)을 내요리라 : 현명한 임금을 내려고

하늘히 부마(駙馬)를 달애샤 : 하늘이 부마를 달래시어

두 공작(孔雀)일 그리시니이다 : 공작 두 마리를 그리십니다.

성무(聖武)를 : 성스런 무예를

뵈요리라 : 보이려고

하늘히 님금 달애샤 : 하늘이 임금을 달래시어

열 은경(銀鏡)을 : 열 개의 은거울을

노하시니이다 : 놓으십니다.

재미있는 얽힌 이야기

두의란 사람이 북주 황제의 누이동생인 양양장 공주와 결혼하여 딸을 낳았습니다. 그런데 아기의 머리카락이 너무 길었습니다. 목에까지 닿았습니다.

세 살이 된 때에는 땅에까지 끌렸습니다.

두의는 걱정이 대단했습니다.

"딸의 모양이 저러하니 함부로 시집도 보낼 수 없소. 마땅히 어진 지아비를 구하여 주어야겠소."

두의는 아내한테 이렇게 말했습니다. 그리고 대문에 공작새 두 마리를 그려 붙였습니다.

"만약에 청혼하려는 젊은이가 있거든 화살 두 개씩을 쏘도록 하라. 그래서 눈에 맞히는 젊은이에게 내 딸을 시집을 보내도록 할 것이다."

두의의 말은 사방으로 퍼져 나갔습니다.

여러 공자들이 찾아와 활을 쏘았으나 맞히는 자가 없었습니다. 그러나 이연이란 젊은이가 맨 나중에 와서 활을 두 번 쏘아 공작새의 양눈을 맞혔습니다.

두의는 기뻐하며 이연을 사위로 맞았습니다. 뒤에 이연은 당고조가 되었습니다.

공민왕이 여러 신하에게 활 쏘기를 시켰습니다. 해가 질 무렵에 내부에 있는 작은 은거울 열 개를 팔십 보나 떨어진 곳에 놓고, 이를 맞히는 이에게 주겠다고 하였습니다.

이에 이성계 장군이 열 번 쏘아 열 번을 다 맞혔습니다.

혼자서 읽어봐요

공작일 : 공작이를 줄인 말
부마 : 부마도위의 준말. 임금님의 사위

한역시

장항현군 천유부마 유이공작 용이도사
將降賢君 天誘駙馬 維二孔雀 用以圖寫

욕창성무 천유궐벽 유십은경 용위후적
欲彰聖武 天誘厥酸 維十銀鏡 用爲侯的

제 48 장

굴형에 말을 디내샤 도저기 다 도라가니
반(半)길 노팬들 넌기 디나리잇가

석벽(石壁)에 말을 올이샤 도저글 다
자바시니 현번 뛰운들 나미 오르리잇가

선생님과 함께 풀어 보기

　구렁에 말을 지내시어 도적이 다 돌아가니
반 길 높이인들 다른 사람이 지나가겠습니까.
　석벽에 말을 올리시어 도적을 다 잡으시니
몇 번을 뛰어 오르게 한들 다른 사람이 오르
겠습니까.

선생님과 함께 해석하기

　굴형에 말을 : 구렁에 말을

디내샤 : 지내시어

도자기 : 도적이

다 도라가니 : 다 돌아가니

반(半)길 노팬들 : 반 길 높이인들

년기 디나리잇가 : 남이 지나가겠습니까.

올이샤 : 올리시어

현번 : 몇 번

뛰운들 : 뛰게한들

나미 오르리잇가 : 남이 오르겠습니까.

재미있는 얽힌 이야기

금나라 태조가 적과 싸우고 있었습니다.

그런데 싸움에 열중한 나머지 진영에서 너무 멀리 떨어져 나왔다는 것도 까맣게 모르고 있었습니다.

갑자기 많은 적병들이 뒤를 쫓아왔습니다. 금태조는 위기를 느끼고 도망치기 시작하였습니다. 그러나 길을 잘못 들어, 앞이 막힌 좁은 골짜기로 들어서게 되었습니다. 수많은 적

들이 바로 뒤까지 쫓아왔습니다.

이때에 금태조는 말고삐를 채어 높은 언덕을 단숨에 뛰어 넘었습니다. 누구도 할 수 없는 재주였습니다.

적은 언덕을 오르지 못하고 돌아갔습니다.

이성계 장군이 대마도에서 침략한 왜구를 무찌를 때였습니다. 왜적 여럿이 산 벼랑에 올라가서 창칼을 번득이며 모여 있었습니다.

멀리서 보니 삐죽삐죽한 창칼이 마치 고슴도치의 털과 같았습니다.

그것을 본 군사들은 무서워서 아무도 오르려 하지 않았습니다.

비장을 시켜 치라고 하였지만, 벼랑이 높고 험해서 오를 수 없다고 했습니다. 아들인 방원을 시켰지만 마찬가지 말만 하였습니다.

"그러면 내가 가겠다. 내 말이 언덕에 오르거든 너희도 뒤따르라!"

이성계 장군은 지세를 살핀 다음, 칼을 뽑아 말 궁둥이를 때렸습니다. 번개처럼 번쩍이는 칼 빛에 놀란 말이 단걸음에 언덕 위로 뛰어올랐습니다.

이것을 본 군사들이 용기를 얻어 밀고 당기며 언덕을 기어올랐습니다. 그리고 적을 맞아 열심히 싸웠습니다.

군사들의 기세에 눌린 왜구들은 변변히 싸워 보지도 못하고 죽거나 포로가 되었습니다.

한역시

심 항 과 마   적 개 회 거   수 반 신 고   수 득 능 도
深巷過馬　賊皆回去　雖半身高　誰得能度

절 벽 약 마   적 이 실 획   수 백 등 분   수 득 능 척
絕壁躍馬　賊以悉獲　誰百騰奮　誰得能陟

제50장

내 님금 그리샤 후궁(後宮)에 드르실 제
하늘 벼리 눈 같 디니이다

내 백성(百姓) 어엿비 너기샤
장단(長湍)을 건너실 제
흰 므지게 해예 쎄니이다

선생님과 함께 풀어보기

  나의 임금을 그리워하여 후궁에 들르실 때,
하늘에서 별이 눈같이 떨어졌습니다.
  나의 백성을 불쌍하게 여기시어 장단을 건
너실 때, 흰 무지개가 해를 꿰었습니다.

선생님과 함께 해석하기

  님금 : 임금
  그리샤 : 그리워하시어

후궁(後宮)에 드르실 제 : 후궁에 들르실 때
눈 같 디니이다 : 눈 같이 떨어졌습니다.
어엿비 너기샤 : 불쌍이 여기시어
장단(長湍)을 건너실 제 : 장단을 건너실 때
해예 꿰니이다 : 해를 꿰었습니다.

재미있는 얽힌 이야기

당나라 중종 때였습니다. 왕비인 위후가 딸인 안락 공주와 짜고 음식에 독을 넣어 왕을 시해하였습니다. 그리고 이를 비밀에 붙였습니다.

얼마 후, 왕비는 위씨 일족을 모아 놓고 왕이 죽었음을 알렸습니다.

권력을 잡은 위후는 천하를 한 손에 넣었습니다.

병부시랑 최일용이 이 일을 현종에게 고했습니다. 그리고 위씨 일족을 없애는 일을 서두르도록 권하였습니다. 그러나 일이 잘못되면 오히려 화를 입을까 봐 현종은 어쩔 줄 몰라했습니다.

그날 밤에 갈복순, 이선부 등이 찾아와 또다시 명령을 청하였습니다.

밤은 점점 깊어 자정이 가까웠습니다. 그런데 갑자기 하늘에서 별들이 떨어졌습니다.

"하늘이 이러하니 때를 잃지 마십시오."

옆에 있던 유유구가 재촉하였습니다. 마침내 현종도 허락을 했습니다. 그와 동시에 갈복순이 곧 칼을 빼 들고, 위씨 일가가 머무는 우림영으로 들어갔습니다. 그리고 그 우두머리들을 베었습니다.

"원후가 선왕을 시살하고 나라를 위태롭게 하고 있다. 오늘 저녁, 위씨를 다 베고 상왕을 모시어 천하를 편안하게 하고자 한다. 만약에 거역하는 자는 삼족을 멸하리라!"

크게 소리치자 우림의 장수들이 모두 기뻐하였습니다.

고려 우왕 때였습니다. 왜적의 배 오백 척이 충남 진포에 쳐들어와 노략질을 하였습니다.

사람들을 닥치는 대로 죽이고, 집을 불태웠습니다. 갓난아기 머리를 베고 배를 갈라, 씻어서 하늘에 제사를 지내는 만행을 저지르기도 했습니다.

나라에서는 이성계 장군을 삼도 순찰사로 삼아서 왜적을 치도록 하였습니다.

이때, 군사들이 장단에 이르자 하얀 무지개가 떠서 해를 가렸습니다. 그것을 본, 점치는 사람이 싸움에 이길 징조라고 하였습니다.

이성계 장군은 목숨을 내던지고 싸워 적을 무찔렀습니다.

이성계 장군이 싸움에 이겼다는 소식을 들은 최영 장군이 멀리까지 나왔습니다. 그리고 반가이 맞으며 잔치를 베풀어 주었습니다.

어엿비 : '불쌍히'란 뜻입니다. 그러나 지금은 '어엿브다>예쁘다'란 말로 바뀌었습니다. 이처럼 말은 오랜 세월을 지내는 동안에 변하기도 합니다.

시해 : 시살. 부모나 임금을 죽임

한역시

아 사 아 군　후 궁 시 입　유 시 천 성　산 락 여 설
我思我君 後宮是入 維時天星 散落如雪

아 애 아 민　장 단 시 섭　유 시 백 홍　횡 관 우 일
我愛我民 長湍是涉 維時白虹 橫貫于日

제52장

청(請) 드른 다대와 노니샤
바늘 아니 마치시면
어비 아다리 사라시리잇가

청(請)으로 온 예와 싸호샤
투구 아니 밧기시면 나랏
소민(小民)을 사라시리잇가

선생님과 함께 풀어보기

죽이라는 청을 들은 다대들과 놀면서, 바늘
을 활로 쏘아 맞히지 않았다면 아비와 아들이
살았겠습니까.

노략질하라는 청을 들은 왜구와 싸울 때,
적장의 투구를 벗기지 않았더라면 약한 백성
들이 살았겠습니까.

청(請) 드른 : 죽이라는 청을 들은

다대와 노니샤 : 다대들과 놀면서

바늘 아니 마치시면 : 바늘을 맞히지 않았더라면

어비 아다리 : 아버지와 아들이

사라시리잇가 : 어찌 살아났겠습니까.

청(請)으로 : 노략질하라는 청을 들은

예와 싸호샤 : 왜구와 싸우실 때 *예〉왜

투구 아니 밧기시면 : 적장의 투구를 벗기지 않았더라면

나랏 소민(小民)을 : 나라의 약한 백성들이

재미있는 얽힌 이야기

후당 태조는 어릴 때부터 북쪽의 달단에 들어가 살았습니다. 아버지인 헌조가 혁련탁과 싸워 패했기 때문입니다.

혁련탁은 달단에게 뇌물을 주고 가만히 두 부자를 죽이라고 하였습니다.

태조가 이를 눈치 챘습니다. 그래서 여러

호걸들과 놀 때, 또는 사냥을 할 때, 바늘을 나무에 걸거나 채찍을 백 보 밖에 세워 놓고 이것을 번번이 쏘아 맞혔습니다. 그러자 달단들은 감히 태조에게 손을 대지 못하였습니다.

우왕 때, 왜적이 침입하였습니다. 적장 중에 십오륙 세 된 날랜 장수가 있었습니다. 사람들은 그를 아기발도라고 불렀습니다.

이성계 장군은 이두란에게 그를 사로잡으라고 명령하였습니다. 그러나 이두란은 그를 사로잡으려면 여러 명의 군사가 희생될 것이라고 했습니다. 아기발도는 튼튼한 투구를 썼으므로 죽이기도 힘이 들었습니다.

"내가 투구 끈을 쏘아 투구를 벗길 테니 그때를 이용하여 얼굴을 쏘아라."

이성계 장군이 이두란에게 말했습니다. 그리고 즉시 활을 당겨 아기발도의 투구 끈을 쏘아 맞혀 투구를 벗겼습니다.

그러자 그 틈을 타서 이두란이 아기발도의 얼굴에 활을 쏘아 말에서 떨어뜨렸습니다.

적장이 죽자 적들은 힘을 잃고 물러갔습니다.

혼자서 읽어봐요

용비어천가에는 겹치는 이야기들이 많습니다. 그러나 비슷한 이야기라 하더라도 조금씩 말하려는 뜻이 다릅니다. 위의 이야기도 앞 장에서 읽은 적이 있을 것입니다.

다대 : 달단 또는 달단족을 말합니다. 몽고족의 한 갈래입니다.

한역시

수 뢰 지 호　홍 지 유 행　약 불 중 침　부 자 기 생
受賂之胡　興之遊行　若不中針　父子其生

견 청 지 왜　홍 지 전 투　약 불 탈 주　국 민 언 구
見請之倭　興之戰鬪　若不脫冑　國民焉救

제53장

사해(四海)를 평정(平定)하샤
길 우희 양식(糧食) 니저니
새외북적(塞外北狄)인들 아니 오리잇가

사경(四境)을 개척(開拓)하샤
섬 안해 도적 니저니
요외남만(徼外南蠻)인들 아니 오리잇가

선생님과 함께 풀어 보기

　사해를 평정하시어 길 위에서도 양식 걱정을 잊고 다니니 요새 밖의 북쪽 오랑캐인들 찾아오지 않겠습니까.
　사경을 개척하시어 섬 안의 도적을 잊었으니 경계 밖 오랑캐인들 찾아오지 않겠습니까.

사해(四海)를 평정(平定)하샤 : 사해를 평정하시
어

길 우희 양식(糧食) 니저니 : 길 위에서도 양식
걱정을 잊으니

새외북적(塞外北狄) 인들 : 요새 밖의 북쪽 오랑캐
인들

아니 오리잇가 : 아니 찾아오겠습니까.

사경(四境)을 개척(開拓)하샤 : 사경을 개척하시
어

섬 안해 도적 니저니 : 섬 안의 도적을 잊으니

요외남만(徼外南蠻) 인들 : 경계 밖의 남쪽 오랑캐
인들

당나라 태종이 임금이 된 후, 신하들에게
말했습니다.

"큰 난을 겪은 뒤라서 백성들이 쉽게 따르
지 않을 듯싶어 염려가 된다."

위징이란 신하가 이렇게 말했습니다.

182

"염려하실 것 없습니다. 백성이 오래 편안하면 교만한 마음이 생기고, 그렇게 되면 가르치기가 어려워집니다. 큰 난을 치른 백성은 괴로움을 알고 괴로움을 아는 백성은 다스리기가 쉽습니다. 다시 말해 배고픈 사람에게는 밥을 먹이기가 쉽고 목이 마른 사람에게는 물을 먹이기가 쉽다는 것입니다."

태종이 옳다고 하며 고개를 끄덕였습니다. 태종 원년에 흉년이 들어 쌀 한 말 값이 비단 한 필 값과 같았습니다.

또, 다음해에는 메뚜기 떼가 몰려와 벼를 다 먹어 버려 고난을 겪었습니다.

삼 년째에는 장마가 져서 농사를 망쳤습니다. 그러나 태종은 열심히 나라일에 힘을 기울였습니다. 백성들은 이곳 저곳 돌아다니며 구걸해 먹었지만 나라 탓을 하지 않았습니다.

사 년 만에 풍년이 들었습니다. 흩어졌던 사람들이 고향으로 돌아오고, 쌀 값도 몇 푼

에 지나지 않게 되었습니다.

죄인도 드물고 범죄자도 없어서, 문을 닫지 않아도 도둑이 들지 않았습니다. 여행을 떠나도 길에서 양식 걱정을 안 하게 되었습니다.

돌궐족들도 스스로 고개를 숙이고 찾아와서 나라일을 도왔습니다.

고려 말에는 남쪽으로는 왜구가 쳐들어오고, 북쪽으로는 여진족들이 침범하였습니다.

그러나 나라의 힘이 그곳까지 미치지 못하였습니다. 나라는 계속 어지러웠습니다.

그러나 태조 이성계가 왕위에 오르자 그 힘이 사방으로 퍼졌습니다.

서북 백성들은 편안히 생업에 힘을 쏟을 수 있었고, 남쪽의 왜구들도 통상을 청해 왔습니다. 또, 함경도 지방은 조선이 터를 잡은 곳이기도 합니다.

야인 추장들이 찾아와 궁을 지키기도 하고,

싸움이 벌어질 때에는 목숨을 걸고 싸움을 도
와주었습니다.

사해 : 동서남북 사면의 바다. 여기서는 천하, 즉
중국을 가리킵니다. 중국 사람들은 자신의 나라인
중국을 하늘 아래의 땅인 천하라고 불렀습니다.

새외북적 : 요새 밖의 북쪽 오랑캐. 돌궐족을 일
컫는 말입니다.

사경 : 동서남북의 변경

요외남만 : 나라 밖의 남쪽 오랑캐

섬 안해 도적 : 섬 안의 도적. 즉, 왜구를 가리키
는 말입니다.

한역시

평정사해　노불재량　새외북적　녕불래왕
平正四海　路不齎糧　塞外北狄　寧不來王

개척사경　도불경적　요외남만　녕불래격
開拓四境　島不警賊　徼外南蠻　寧不來格

제67장

가람 가새 자거늘 밀므리 사흘이로되
나거자 자마니이다

섬 안해 자실 제 한비 사흘이로되
뷔어자 자마니이다

선생님과 함께 풀어 보기

강가에서 군사들이 잠을 자는데 밀물이 사
흘 동안 들어오지 않더니, 섬을 나가서야 잠
기었습니다.

섬 안에서 군사들이 잠을 자는데 큰비가 사
흘 동안 왔으나, 섬을 비워서야 잠겼습니다.

선생님과 함께 해석하기

가람 가새 : 강가에서

밀므리 : 밀물이

사흘이로되 : 사흘 동안 들어오지 않더니

나거자 : 군대가 나가서야

자마니이다 : 물에 잠겼습니다.

셤 안해 자실 제: 섬 안에서 잘 때에

한비 : 큰비가

뷔어자 : 군사들이 섬을 비워서야

재미있는 얽힌 이야기

원나라 백안이 송나라를 치려고 군사를 이끌고 갔습니다. 그리고 전단강 모래톱에 진을 쳤습니다. 그것을 본 그곳 항주 사람들은, 곧 밀물이 들어와 주둔한 군사들이 모두 물에 빠져 죽을 것이라고 좋아하였습니다.

그러나 사흘 동안이나 밀물이 들어오지 않았습니다. 그리고 군사들이 강을 떠나서야 물이 들어와 잠겼습니다.

이성계 장군이 위화도에 주둔하고 있을 때

였습니다. 장맛비가 며칠을 두고 내렸습니다. 그러나 강물은 불어나지 않았습니다. 군사들이 섬을 떠나자 섬이 물에 잠겼습니다.

이는 하늘이 도우신 일입니다.

한역시

숙우강사　불조삼일　태기출의　강사내몰
宿于江沙 不潮三日 迨其出矣 江沙迺沒

숙우도서　대우삼일　태기공의　도서내몰
宿于島嶼 大雨三日 迨其空矣 島嶼迺沒

190

제81장

천금(千金)을 아니 앗기샤 글책(冊)을
구(求)하시니 경세도량(經世度量)이
크시니이다

성성(聖性)을 아니 미드샤 학문(學問)이
기프시니 창업 규모(創業規模)가
머르시니이다

천금을 아끼지 않으시고 책을 구하시니 세
상을 다스리는 마음이 넓고 크십니다.

성인의 덕성을 믿지 않으시어 학문을 깊이
하시니 나라의 기틀을 세움이 크십니다.

천금(千金)을 아니 앗기샤 : 천금을 아니 아끼시어

글책(冊)을 구(求)하시니 : 책을 구하시니

경세도량(經世度量)이 크시니이다 : 세상을 다스리는 마음이 넓고 크십니다.

성성(聖性)을 아니 미드샤 : 성인의 덕성을 아니 믿으시어

학문(學問)이 기프시니 : 학문을 깊게 하시니

창업 규모(創業規模)가 머르시니이다 : 나라의 기틀을 세움이 크십니다.

재미있는 얽힌 이야기

송나라 태조 조광윤은 성품이 엄중하고 말수가 적었으며, 책을 읽기를 좋아했습니다.

군중에 있을 때라도 손에서 책을 놓지 않았습니다. 귀한 책이 있으면 아무리 비싸도 돈을 아끼지 않았습니다.

송태조가 후주의 세종을 따라 회전이란 곳

을 칠 때의 일이었습니다.

어떤 사람이 세종에게 고해 바쳤습니다.

"조광윤이 수주를 항복받았을 때, 멋대로
많은 수레에 값진 물건을 싣고 왔습니다."

세종이 사람을 보내어 수레의 물건을 수색하게 하였습니다. 그러나 그 수레에는 다른 물건은 없고, 수천 권의 책뿐이었습니다.

이 말을 들은 세종이 조광윤을 불렀습니다.

"경이 장수일진대 마땅히 짐을 위하여 땅을 넓히는 군무에만 힘을 쓸 것이지, 책은 보아서 무엇 하려는가."

조광윤이 머리를 조아렸습니다.

"신이 지각없이 임금님을 모시어 은덕을 많이 받았습니다. 그러나 항상 자신이 부족하다는 것을 느끼고 부끄러워했습니다. 그래서 책을 보아 소견을 넓히고 지혜를 더하려는 것입니다."

이 말을 들은 세종은 고개를 끄덕이며 옳다고 하였습니다.

태조 이성계는 성격이 활달했습니다. 또, 마음이 어질고 사람들을 좋아했습니다.

나라에 공을 많이 세웠지만, 그럴수록 더욱 겸손하였습니다. 본래부터 유학을 중하게 여겼습니다. 그래서 틈만 나면 유학자인 유경 등과 함께 경서나 역사책들을 읽고 의견을 나누었습니다.

그러면서 나라를 세울 큰 뜻을 품었습니다.

혼자서 읽어봐요

천금 : 많은 돈. 그만한 값어치

경세도량 : 세상을 다스리는 넓고 큰 마음

성성을 아니 믿으샤 ; 성성은 본래 천성으로 타고 났지만 겸손하기 때문에 나타내려 하지 않고, 학문에 힘을 써서 덕을 더 깊게 쌓는다는 뜻입니다.

창업 규모 : 나라를 세우는 뜻이 넓고 큼

한역시

불 린 천 금　전 적 시 색　경 세 도 량　시 용 회 곽
不吝千金 典籍是索 經世度量 是用恢郭

불 긍 성 성　학 향 시 수　창 업 규 모　시 용 원 대
不矜聖性 學向是邃 創業規模 是用遠大

제 8 3 장

군위(君位)를 보배라 할쌔
큰 명(命)을 알외요리라 바랄 우희
금탑(金塔)이 소사니

자하로 제도(制度)가 날쌔
인정(仁政)을 맛됴리라 하늘 우흿
금척(金尺)이 나리시니

선생님과 함께 풀어보기

임금의 자리가 보배라 하므로, 큰 명을 알리려고 바다 위에 금탑이 솟았습니다.

자로 제도가 나므로, 인정을 맡기려고 하늘에서 금척을 내리셨습니다.

군위(君位)를 보배라 할쌔 : 임금의 자리를 보배라고 하므로

큰 명(命)을 알외요리라 : 큰 명을 알리려고

바다 우희 금탑(金塔)이 소사니 : 바다 한가운데에 구층 금탑이 솟았습니다.

자하로 제도(制度)가 날쌔 : 자로 제도가 나므로

인정(仁政)을 맛됴리라 : 어진 정서를 맡기려고

하늘 우횟 금척(金尺)이 나리시니 : 하늘 위에서 금자가 내려왔습니다.

고려 태조 왕건이 아직 임금에 오르기 전이었습니다. 바다 한가운데에서 구층 금탑이 솟아올랐습니다. 태조는 그 금탑 위로 올라가 보았습니다. 이는 하늘이 임금이 될 것을 미리 알린 것입니다.

태조 이성계가 자고 있을 때였습니다. 꿈에

하늘에서 신인이 내려왔습니다.

"공은 품성과 자질을 바르게 갖추었다. 그리고 문무를 겸하였고, 또 백성들이 따른다. 그러니 이 나라를 바로잡을 이가 공이 아니고 누구이겠는가."

신인은 이렇게 말하면서 금자를 주었습니다 〈13장 참조〉.

한역시

위왈대보　대명장고　사유해상　내용금탑
位曰大寶　大命將告　肆維海上　迺湧金塔

척생제도　인정장탁　사유천상　내강금척
尺生制度　仁政將托　肆維天上　迺降金尺

제84장

님그미 현(賢)커신마란 태자(太子)를
못 어드실쌔 누븐 남기 니러셔니이다

나라히 오라건마란 천명(天命)이
다아갈쌔 이븐 남개 새닢 나니이다

선생님과 함께 풀어 보기

임금이 어질지마는 태자를 낳지 못하므로
누운 나무가 일어섰습니다.

나라가 오래지마는 천명이 다해 가므로 시
든 나무에 새잎이 났습니다.

선생님과 함께 해석하기

님그미 현(賢)커신마란 : 임금님이 어질지마는

태자(太子)를 못 어드실쌔 : 태자를 못 얻으시므
로

누븐 남기 니러셔니이다 : 누웠던 나무가 일어섰습니다.

나라히 오라건마는 : 나라가 오래되었지마는

천명(天命)이 다아갈쌔 : 나라 운명이 다해 가므로

이븐 남개 새닢 나니이다 : 시든 나무에 새잎이 났습니다.

재미있는 얽힌 이야기

한나라 소제 때, 갑자기 태산의 큰 바위가 스스로 일어났습니다. 그리고 죽었던 산 위의 버드나무 고목이 다시 살아났습니다.

그것을 본 부절령 목홍이란 사람이 이렇게 말했습니다.

"돌과 버드나무는 백성을 말하는 것입니다. 지금 큰 돌이 저절로 서고, 죽었던 버드나무가 다시 살아나는 일이 일어났습니다. 이것은 사람의 힘으로는 할 수 없는 일입니다. 앞으로 평범한 사람 중에서 천자가 될 이가 있을

것입니다."

과연 그런 일이 있은 지 오 년 후에 소제가 죽었습니다

그런데 소제에게는 아들이 없었습니다. 그래서 민간에서 아이를 얻어 아들을 삼아 다음 왕위를 계승하였습니다.

덕원 땅에 큰 고목이 있었습니다. 그 나무는 말라죽어 있었습니다.

그런데 세조가 조선을 세우기 일 년 전에 나무에서 잎이 돋기 시작하였습니다.

그때에 사람들은, 이것은 조선이 나라를 열 조짐이라고 하였습니다.

한역시

유제수현 미유태자 시유강류 홀언자기
維帝雖賢 靡有太子 時維僵柳 忽焉自起

유방수구 장실천명 시유고수 무언복성
維邦雖舊 將失天命 時維枯樹 茂焉復盛

여슷 놀이 디며 다섯 가마괴 디고
빗근 남갈 나라 나마시니

석벽(石壁)에 수멧던 녜 뉘의 아니라도
하늘 뜨들 뉘 모르사오리

선생님과 함께 풀어 보기

여섯 노루가 활에 맞아 쓰러지며, 다섯 까마귀를 쏘아 떨어뜨리고 비스듬히 넘어진 나무를 날아서 넘으셨습니다.

석벽에 감춰져 있던, 옛 세상의 글이 아니더라도 하늘의 뜻을 누가 모르겠습니까

선생님과 함께 해석하기

여슷 놀이 디며 : 여섯 마리의 노루가 쓰러지며

다섯 가마괴 디고 : 다섯 마리 까마귀가 떨어지고
빗근 남갈 : 비스듬히 넘어진 나무를
나라 나마시니 : 날아 넘으셨습니다.
석벽(石壁)에 수멧던 : 석벽에 숨어 있던
녜 뉘의 아니라도 : 옛 세상의 글이 아니라도
하늘 뜨듯 : 하늘의 뜻을

재미있는 얽힌 이야기

태조 이성계의 아버지인 환조가 잔치를 베풀 때였습니다.

마침 언덕 위에 노루 일곱 마리가 모여 풀을 뜯고 있었습니다.

옆에 있던 사람이 말하였습니다.

"저 노루 한 마리를 잡아 안주로 하였으면 좋겠다."

이 말을 들은 환조가 아들에게 한번 맞춰 보라고 하였습니다. 이성계는 곧 활에 시위를 메겨 노루를 향해 당겼습니다. 그러자 화살 하나에 다섯 마리가 꿰어 넘어졌습니다. 이어

한 마리를 더 쏘아 넘어뜨렸습니다.

　이성계가 어렸을 때였습니다. 집 앞 담장 위에 까마귀 다섯 마리가 시끄럽게 소리지르고 있었습니다. 안평 옹주 김 씨가 이성계에게 쏘아 맞히라고 하였습니다.

　이성계는 화살 하나로 다섯 마리를 한꺼번에 쏘아 떨어뜨렸습니다.

　이에 놀란 김 씨가 이것을 아무에게도 말하지 말라고 하였습니다. 너무 재주가 좋으면 이를 시기하는 사람들에게 해를 입기 때문이었습니다.

　이성계가 이두란과 함께 사냥을 하던 때였습니다. 사슴을 쫓아 말을 달리고 있었는데 갑자기 큰 고목이 앞을 가로막았습니다.

　사슴은 그 나무 등걸 밑으로 빠져 달아났습니다. 이두란은 말고삐를 당기어 등걸을 피했

습니다. 그러나 이성계는 말에서 뛰어올라 등걸을 날아 넘었습니다.

그리고 곧바로 등걸 밑을 빠져 나온 말에 올라탔습니다. 그리고 활을 쏘아 달아나는 노루를 넘어뜨렸습니다.

태조 이성계가 임금에 오르기 전에 집에 있을 때였습니다. 스님이 찾아와 지리산 바위 속에서 얻었다는 기이한 글을 전했습니다.

그 글에는 '목자승저하(木子乘猪下) 복정삼한경(復正三韓境)'이라고 쓰여 있었습니다.

이는 '나무 아들이 돼지를 타고 내려와서 삼한을 바로잡는다'라는 뜻입니다. 목자(木子)를 합하면 이(李)자가 됩니다. 돼지를 탔다는 것은 이성계가 태어난 해가 돼지해임을 나타낸 것입니다. 그러니까 이씨 성을 가진, 돼지해에 태어난 사람, 즉 이성계가 삼한(우리 나라)을 바로 세울 것이라는 말입니다.

이성계가 사람을 시켜 그 스님을 찾게 했지
만 이미 사라진 뒤였습니다.

혼자서 읽어봐요

이 86장에는 중국의 고사는 없고, 태조 이성계의
사적만 있습니다. 그만큼 태조는 조선을 세우는 데
공이 많은 인물이며, 영웅이라는 것을 힘주어 말하
려는 것입니다.

한역시

육장폐혜　오아락혜　우피횡목　우비월혜
六鸞斃兮 五鴉落兮 于彼橫木 又飛鉞兮

암석소익　고서종미　유천지의　숙불지지
岩石所匿 古書縱微 維天之意 孰不之知

제87장

말 우흿 대버믈 한 소나로 티시며
싸호는 한쇼를 두 소내 자바시며

다리예 떠딜 말을 넌즈시 치켜시니
성인(聖人) 신력(神力)을 어나다 살바리

말 위로 달려드는 큰 범을 한 손으로 치시며, 싸우는 황소를 두 손에 잡으시며, 다리에 떨어지는 말을 넌지시 치켜 당기셨으니, 성인의 신과 같은 힘을 어떻게 다 말할 수 있겠습니까.

선생님과 함께 해석하기

말 우흿 : 말 위로 달려드는

대버믈 : 큰 호랑이를

한 소나로 티시며 : 한 손으로 쳐 떨어뜨리시며

싸호는 : 싸우는

한쇼를 : 큰 소를. 황소를

두 소내 자바시며 : 두 손으로 잡아떼어 놓으시며

다리예 뗘딜 말을 : 다리로 떨어지는 말을

넌즈시 치켜시니 : 넌지시 치켜 올리시니

성인(聖人) 신력(神力)을 : 성인의 신 같은 힘을

어나다 살바리 : 어찌 다 말할 수 있겠습니까.

재미있는 얽힌 이야기

태조 이성계가 함경도 지방에 있을 때의 이야기입니다.

어떤 사람이 와서 큰 범 한 마리가 숲 속에 있다고 하였습니다.

이성계는 곧 활을 들고 화살 하나를 허리에 꽂은 채 숲으로 달려갔습니다.

숲 속에 들어서자 숨어 있던 범이 갑자기 뛰어나왔습니다. 그리고 말 등 위로 뛰어오르

머 할퀴려 하였습니다.

이성계는 오른 주먹으로 범을 내리쳤습니다.

주먹에 맞은 범은 정신을 잃은 채 나가자빠져 버렸습니다.

이성계는 곧 말을 돌려 활을 쏘아 범을 죽였습니다.

고려 공민왕 때의 일이었습니다. 이성계가 어느 마을을 지나고 있었습니다. 그런데 그 마을 한가운데서 황소 두 마리가 서로 싸우고 있었습니다.

싸움을 멎게 하려고 옷을 벗어 던지는 사람도 있고, 불을 던지는 사람도 있었습니다.

그러나 성난 황소들은 아랑곳하지 않고 더욱 맹렬히 싸웠습니다.

이것을 본 이성계가 두 소 틈으로 끼어들었습니다. 그리고 양손에 각각의 뿔을 잡고 힘

을 주어 양편으로 떼어놓았습니다. 그러자 두
소는 더 이상 싸우지 못하였습니다.

　공양왕 때였습니다. 태조 이성계가 통천의
총석청을 보기 위해 안변 학포루를 지나가고
있었습니다.
　잠깐 졸음이 와서 졸고 있었습니다. 그런데
말이 발을 헛딛는 바람에 그만 다리로 떨어지
고 말았습니다. 그러나 곧바로 정신을 차린
이성계는 얼른 말에서 뛰어내렸습니다.
　그와 동시에 다리 밖으로 떨어지려는 말의
귀와 갈기를 낚아채었습니다. 그리고 허공으
로 세워 올렸습니다.
　사람들이 가까이 오자, 옆에 찬 칼을 빼어
안장을 자르게 하였습니다. 그리고 그대로
손을 놓았습니다.
　말은 강물로 떨어졌지만 곧 헤엄을 쳐서 밖
으로 나왔습니다.

이 장에도 중국의 고사는 없습니다. 태조 이성계의 용맹과 괴력을 칭송하고 있습니다.

한역시

마상대호 일수격지 방투거우 양수집지
馬上大虎 一手格之 方鬪巨牛 兩手執之

교외운마 박언설지 성인신력 해경설지
橋外隕馬 薄言挈之 聖人神力 奚罄說之

제90장

두 형제(兄弟) 꾀 하건마란 약(藥)이
하늘 계우니 아바님 지으신 일훔
엇더하시니

두 버디 배 배얀마란 바라미
하늘 계우니 어마님 드리신 말
엇더하시니

선생님과 함께 풀어 보기

두 형제 꾀가 많지마는 독약이 하늘을 이기
지 못하였습니다. 아버님 지으신 이름 어떠하
십니까.

두 벗의 배가 엎어졌지마는 바람이 하늘을
이기지 못하였습니다. 어머님 들으신 말 어떠
하십니까.

216

꾀 하건마는 : 꾀가 많지마는. 하다〉많다

약(藥)이 하늘 계우니 : 독약이 하늘을 이기지 못 하였습니다.

아바님 지으신 일훔 엇더하시니 : 아버님이 지으 신 이름이 얼마나 좋습니까.

두 버디 : 두 벗이

배 배얏마란 : 배 엎어지건마는

바라미 하늘 계우니 : 바람이 하늘을 이기지 못하 니

어마님 드리신 말 엇더하시니 : 어머니께 드리신 말씀 얼마나 좋습니까.

당고조는 서자가 스무 명이나 되었습니다.

태종은 고조의 여러 아들 중에서 지혜와 용 기가 가장 뛰어났습니다.

건성, 원길 형제가 이를 시기하였습니다.

두 형제는 아버지인 고조에게 태종을 죽이 라고 간청했습니다. 그러나 고조는 이 말을 듣지 않았습니다.

오히려 건성의 난폭한 성질을 염려하여 태자를 태종으로 바꾸고자 하였습니다.

이것을 눈치 챈 건성, 원길은 태종을 독살하려 하였습니다. 그러나 태종은 그들의 계획을 알아차리고, 그 둘을 잡아 버렸습니다.

당태종이 네 살 때 일이었습니다. 한 서생이 고조를 찾아왔습니다. 그는 고조를 보고 말하였습니다.

"그대는 관상이 귀인이니 반드시 귀한 자식을 둘 것입니다."

그리고 옆에 있던 태종을 보고 몹시 놀라워했습니다.

"용과 봉황의 상이요, 천일의 기상이니 나이 스물이 되면 제세안민할 것입니다."

서생이 물러나자 고조는 그 말이 밖으로 나갈까 두려웠습니다. 제세안민이란 말은 임금에게나 하는 말인데, 그것은 역적이 되어야만 가능한 일이기 때문입니다.

그래서 사람을 보내어 그 서생을 죽이려 하였습니다. 그러나 그 서생은 어디로 갔는지 찾을 수가 없었습니다. 그 서생은 하늘이 보낸 신인이었던 것입니다.

그것을 깨달은 고조는 그 신인의 말을 따르기로 했습니다. 태종의 이름이 세민(世民)인 것은 이런 연유 때문입니다.

고려 공민왕이 죽은 후, 명나라에서는 집정관을 보내라고 하였습니다. 그러나 어떤 일이 벌어질지 알지 못하여 가지 않으려고 하였습니다.

창왕이 즉위하자 문하시중 이색이 명나라로 가게 되었습니다. 이때, 이성계의 위세가 날로 높아져 있었습니다.

이색은 자신이 명나라에서 돌아오기 전에

무슨 변란이 일어나지 않을까 걱정했습니다. 그래서 이성계의 아들 중 하나를 같이 데려가기로 하였습니다.

이성계는 아들 가운데 지용을 갖춘 방원(태종)을 서장관을 삼도록 하였습니다.

명나라에 가 일을 마치고 돌아오는 도중에 큰 풍랑을 만났는데 발해만에 이르러 배 두 척이 바다에 침몰하고 말았습니다.

방원이 탄 배도 침몰 직전에 놓였습니다.

사람들이 놀라 이리 뛰고 저리 뛰며 소동을 피웠지만 방원은 몸을 바로 세우고, 얼굴빛 하나 흩어지지 않고 태연하였습니다.

얼마 후에 풍랑은 멎었고, 방원이 탄 배도 무사하였습니다.

태종 이방원이 스무살이 못 되었을 때였습니다. 술사인 윤성윤이 어머니인 신의 왕후를 찾아가 이렇게 말하였습니다.

"이 아기에게 반드시 천명이 있으니 아무에게도 말하지 마십시오."

약이 하늘 계우니 : 두 형제 건성과 원길이 세민을 독살하려고 음식에 독약을 탔지만 하늘이 이것을 알아차리고 뜻을 이루지 못하게 하였다는 뜻입니다.

계우다 : 못 이기다, 지다.

제세안민(濟世安民) : 세상을 구하고, 백성을 편안하게 함

술사 : 점을 잘 치는 사람

한역시

형제모다 약불승천 궐고소명 과여하언
兄弟謀多 藥不勝天 厥考所名 果如何焉

양붕주복 풍미승천 유모소문 과여하언
兩朋舟覆 風靡勝天 維母所聞 果如何焉

제91장

아바님 이받자발제 어마님 그리신
눈므를 좌우(左右) 하사바 아바님
노(怒)하시니

아바님 뵈사바실제 어마님 여희신
눈므를 좌우(左右)가 슬싸바 아바님
일쳘으시니

선생님과 함께 풀어 보기

　아버님께 이바지할 때, 어머님 그리워 흘리
신 눈물을 좌우가 일러바쳤습니다. 그래서 아
버님이 노하셨습니다.

　아버님 뵈올 때 어머님 여의시어 흘린 눈물
을 보고 좌우가 슬퍼했습니다. 그것을 보시고
아버님이 효성스럽다고 칭찬해 주셨습니다.

아바님 이받자발제 : 아버님을 받드시올 때

어마님 그리신 눈므를 : 돌아가신 어머니를 그리워하여 흘리신 눈물을

좌우(左右) 하사바 : 좌우가 일러바치었습니다.

아바님 노(怒)하시니 : 아버님이 화를 내셨습니다.

어마님 여희신 눈물을 : 어머님 여의시어 흘린 눈물을 보고

좌우(左右)가 슬싸바 : 좌우가 슬퍼하여

아바님 일컬으시니 : 아버님이 칭찬을 하셨습니다.

재미있는 얽힌 이야기

당나라 태종인 이세민은 어릴 때, 궁중에 연회가 있을 때마다 눈물을 흘렸습니다.

여러 비빈들을 보면 일찍 돌아가신 어머니가 생각났기 때문입니다.

어머니인 태목 황후는 고조가 황제가 되는 것을 보지 못하고 죽었던 것입니다.

아버지인 고조는 이 일을 좋아하지 않았습니다. 여러 비빈들은 이런 사실을 알고 고조에게 일러바쳤습니다.

"지금 나라가 태평합니다. 폐하께서는 나이도 많으셔서 즐겁게 사셔야 합니다. 그런데 진왕이 늘 눈물을 지으니, 이는 우리들을 미워하기 때문입니다. 폐하께서 갑자기 돌아가시기라도 하는 날에는 우리들은 살아 남지 못할 것입니다."

이렇게 말하고 슬프게 울었습니다, 이 말을 들은 고조는 마음이 상했습니다.

태종 이방원은 어머니인 신의 왕후가 돌아가자 매우 슬퍼했습니다.

능 앞에 여막을 짓고, 여러 달 동안 묘를 지켰습니다. 아버지인 태조를 뵈러 서울을 향할 때면 길에서 눈물을 그치지 않았습니다.

아버지 집에 가면 슬픔이 북받쳐 통곡을 했

습니다.

　이것을 본 주위 사람들이 모두 측은하게 생각했습니다.

　태조는 항상 아들의 효성이 지극하다고 칭찬했습니다.

　이받자발제 : 이바지할 때. 잔치를 베풀 때

　하사바 : 하리하다. '하리'는 '참소하다'라는 우리말입니다. 없는 말을 꾸며 일러바치다.

　일컬으시니 : 칭찬하셨습니다.

한역시

시연부황 억모비체 좌우소지 부황즉제
侍宴父皇 憶母悲涕 左右訴止 父皇則懠

래견부왕 연모비루 좌우상지 부왕칭위
來見父王 戀母悲淚 左右傷止 父王稱謂

226

제97장

장군(將軍)도 하건마란
활달대략(豁達大略)이실쌔 광생(狂生)이
듣자와 동리(同里)를 브터오니

종친(宗親)도 하건마란
융준용안(隆準龍顔)이실쌔 서생(書生)이
보시와 동지(同志)를 브터오니

선생님과 함께 풀어보기

장군도 많지마는 성격이 활달대략하시므로
광생이 듣고 동리로부터 왔습니다.

종친도 많지마는 융준용안하시므로 서생이
뵙고 동지로부터 왔습니다.

　장군(將軍)도 하건마란 : 장군도 많지마는

　활달대략(豁達大略)이실째 : 성격이 활달하고 계략이 크시므로

　광생(狂生)이 듣자와 : 미친 사람이 듣고

　동리(同里)를 브터오니 : 동네에서 찾아왔습니다.

　종친(宗親)도 하건마란 : 임금의 친족이 많지마는

　용준용안(隆準龍顔)이실째 : 코가 오똑하고 용의 얼굴을 하고 있으므로

　서생(書生)이 보시와 : 서생이 보고

　동지(同志)를 브터오니 : 뜻을 같이하는 친구들로부터 왔습니다.

재미있는 얽힌 이야기

　한나라 고조 때, 고양이란 곳에 역이기란 사람이 살았습니다. 나이 육십이 되었으나 집이 가난하여 뜻을 펴지 못하고, 겨우 마을의 문을 지키는 일을 하고 있었습니다.

　사람들은 그를 미친 사람이라 하였지만 지략이 매우 뛰어났습니다.

같은 마을 사람 가운데 고조의 부하 되는 사람이 있었습니다. 역이기는 그 사람에게 고조를 만나게 해 달라고 부탁하였습니다.

어느 날 고조가 고양에 들른 일이 있었습니다. 고조가 역생을 불렀습니다.

역생이 찾아가니 고조는 상 위에 걸터앉아 두 여자에게 발을 씻기고 있었습니다.

역생은 읍할 뿐 절을 하지 않았습니다.

"조카는 진나라를 도와 제후를 치려 하는가? 제후를 이끌고 진나라를 치려 하는가?"

고조가 큰 소리로 대답하였습니다.

"참으로 멍청한 선비로구나. 세상이 다 진나라를 미워한 지 오래다. 이제 제후들이 힘을 합세하여 진나라를 치려 하는 마당에 제후를 친다는 말은 무슨 말인가."

"제후를 모으고 군사를 일으켜 무도한 진나라를 치려는 사람은 상 위에 걸터앉아 발을 씻으며 늙은이를 대하는 법은 없다."

이 말을 들은 고조는 곧 발을 씻던 것을 멈췄습니다. 그리고 상 위에서 내려와 역생을 높은 자리에 앉히고 사과하였습니다.

그 후, 역생은 고조를 도와 나라일에 힘썼습니다. 계책을 써서 많은 공을 세웠습니다.

태조 이성계의 얼굴은 코가 우뚝하고, 용의 얼굴을 하고 있었습니다. 또한, 기지와 위엄이 두드러지게 뛰어났습니다.

어려서는 함흥, 영흥 등지에서 살았습니다. 그 곳 북쪽 사람들은 사냥에 쓰기 위해 매를 구할 때, "이성계와 같이 날쌘 것을 구해 주십시오." 하고 말할 정도였습니다.

태조에게는 여러 아들이 있었습니다. 그 중에 방원이 가장 아버지를 닮았습니다.

관상을 잘 보는 하륜은 이방원이 장차 크게 될 인물임을 알았습니다.

하륜은 친구인 이방원의 장인인 민제를 통

하여 이방원과 만나게 되었습니다. 그 뒤로 하륜은 이방원을 지성으로 섬겼습니다.

후에 이방원은 태종 임금이 되었습니다.

하륜은 그 동안의 공을 인정받아 정사좌공신이란 높은 벼슬에 오르게 되었습니다.

혼자서 읽어봐요

이 장에서는 아랫사람을 잘 써서 공을 세우도록 한 한고조와 태종 임금의 현명함을 노래했습니다.

광생 : 미친 선비

들자와 : 들으시어. 자와는 눈앞에 보이지 않는 윗사람에게 높임의 뜻으로 쓰던 말이지요.

융준용안 : 융준은 '우뚝한 코'란 뜻입니다.

용안 : 임금님의 얼굴을 가리키는 말입니다.

한역시

장군수다 활달대략 광생역문 의인이알
將軍雖多 豁達大略 狂生亦聞 依人以謁

종친수다 융준용안 서생재담 인우이반
宗親雖多 隆準龍顔 書生載膽 因友以攀

제98장

신하(臣下)이 말 아니 드러 정통(正統)애
유심(有心)할쌔 산(山)의 초목(草木)이
군마(軍馬)가 되었니이다

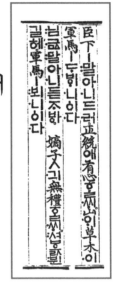

님금의 말 아니 듣자와 적자(嫡子)께
무례(無禮)할쌔 셔블 빈 길헤
군마(軍馬)가 뵈니이다

선생님과 함께 풀어보기

신하가 말을 듣지 않아 정통에 마음을 쓰시
므로 산의 초목들이 군마가 되었습니다.
임금의 말을 듣지 않아 적자에게 무례하므
로 서울의 빈 길이 군마로 보였습니다.

신하(臣下)이 말 아니 드러 : 신하가 말을 듣지 않아

정통(正統)애 유심(有心)할쌔 : 정당한 계통을 이은 임금에

군마(軍馬)로 되었나이다 : 군마로 보였습니다.

님금의 말 아니 듣자와 : 임금의 말을 듣지 않아

적자(嫡子)께 무례(無禮)할쌔 : 적자에게 무례하므로

셔블 빈 길헤 군마(軍馬)가 뵈니이다 : 서울의 빈 길이 군마로 가득 차 보였습니다.

재미있는 얽힌 이야기

전진이란 나라의 임금인 부견이 여러 신하들을 태극전으로 불러모았습니다.

"내가 왕업을 이은 지 삼십 년이 된다. 천하를 다 평정하였지만, 다만 동남의 한 모퉁이가 따르지 아니한다. 이제 군사가 구십칠만이나 되었다. 내가 군사를 거느리고 치려 하는

데 그대들의 생각은 어떠한가?"

부견이 이렇게 물었습니다.

그러자 여러 신하들은 아무 허물이 없는 진나라를 치는 것은 옳지 않다고 하였습니다.

양공평 부융이 나섰습니다.

"하늘의 도리에 맞지 않으며, 우리 군사들은 오랜 싸움에 피곤해 있고, 신하들 중에 충신이라면 누구나 진나라를 치지 말 것을 권할 것입니다."

그러나 부견은 신하들의 말을 듣지 않았습니다. 그는 백만 대군을 이끌고 동진으로 쳐들어갔습니다.

그러나 동진의 맹렬한 반격에 크게 패하여 도망치기 시작하였습니다. 이때에 너무 두려운 나머지 팔공산의 초목들이 모두 진나라의 군마들로 보였습니다.

봉화군 정도전과 의성군 남은 등이 맨 아래

인, 어린 왕자 방석을 세자로 세웠습니다.

　그리고 세자를 등에 업고 세력을 얻고자 나머지 왕자들을 해치려 하였습니다. 왕자들을 각 지방으로 나누어 보내 힘을 약하게 하려고 했습니다.

그러나 태조는 이를 허락하지 않았습니다. 태조가 마침 몸이 아팠습니다. 그러자 이때를 이용하여 왕자들을 한자리에 불러들이기로 하였습니다. 왕자들이 모이면 한꺼번에 죽이려는 계획을 세웠던 것입니다.

그러나 이 일이 정안군 이방원에게 알려졌습니다. 정안군은 군사를 이끌고 쳐들어가 방석, 정도전, 남은 등을 죽였습니다.

이때에 방석을 보호하던 군사가 성 위에 올라 형세를 살펴보았습니다. 그런데 광화문에서 남산에 이르기까지, 무기를 들고 말을 탄 군사들이 가득 차 보였습니다.

그래서 감히 군사를 풀어 대항하지 못했습니다. 사실은 아무 것도 없는 빈 길이었지만, 그 군사의 눈에 그렇게 보였던 것입니다.

사람들은 이것을 하늘이 도우신 것이라고 하였습니다.

정안군 이방원이 세자인 방석과 정도전 등을 죽인 사건을 '일차 왕자의 난'이라고 합니다.

난을 성공함으로써 정안군(태종)은 실질적인 권력을 쥐게 됩니다.

적자 : 본부인에게서 난 아들

태조 이성계는 아들이 여덟 명 있었습니다. 신의 왕후 소생이 여섯 명, 그리고 신의 왕후가 죽자 새로 들어온 신덕 왕후의 소생이 두 명이었습니다. 그러나 태조는 신덕 왕후의 소생인 막내아들 방석에게 왕위를 물려주려고 세자로 삼았습니다. 여기에 불만을 품은 신의 왕후의 소생들이 반기를 들어 왕자의 난을 일으킨 것입니다.

한역시

불청신언 유심정통 산상초목 화위병중
弗聽臣言 有心正統 山上草木 化爲兵衆

불순군명 무례적자 성중가맥 약전기사
弗順君命 無禮嫡子 城中街陌 若塡騎士

제109장

마리 병(病)이 기퍼 산척(山脊)에
못 오르거늘 군자(君子)를 그리샤
금뢰(金罍)를 브우려 하시니

말이 사를 마자 마구(馬廐)에
드러오나늘 성종(聖宗)을 뫼셔
구천(九泉)에 가려 하시니

선생님과 함께 풀어보기

말이 병이 깊어 산마루에 오르지 못하거늘
군자를 그리워하시어 금뢰에 술을 부으셨습니다.

말이 화살에 맞아 마구간에 들어오거늘 성
종을 모시고 구천에 가려고 하셨습니다.

마리 병(病)이 기퍼 : 말이 병이 깊어서

산척(山脊)에 못 오르거늘 : 산마루에 오르지 못하거늘

군자(君子)를 그리샤 : 군자를 그리워하시어

금뢰(金罍)를 브우려 하시니 : 금잔에 술을 부으려 하십니다.

말이 사를 마자 : 말이 화살을 맞아

마구(馬廐)에 드러오나늘 ; 마구간으로 들어오거늘

성종(聖宗)을 뫼셔 : 성스런 임금을 모시고

구천(九泉)에 가려 하시니 : 구천에 가려고 하셨습니다.

재미있는 얽힌 이야기

앞의 노래는 주문왕의 후비가 문왕을 그리워하며 지은 시를 인용한 것입니다.

저 높은 산 위에 올라 볼거나

내 말이 이미 병들었도다.

금잔에 술이나 가득 부어

이 시름 길이 잊고저.

　방간의 난 때였습니다. 목인해가 탄, 정안군 방원의 말이 화살을 맞고 스스로 마구간으로 들어왔습니다.

　부인인 정녕옹주는 남편이 싸움에 패한 줄 알고 함께 죽으려 하였습니다.

　그런데 정사파라는 이웃 늙은이가 싸움에 이겼다는 소식을 전했습니다.

　그 말을 들은 옹주는 비로소 집으로 돌아갔습니다.

　1차 왕자의 난에서 세자인 방석이 죽자, 둘째 아들인 방과가 조선 제2대 임금인 정종으로 즉위하였습니다. 그러나 다음 왕위를 노린 방간이 세력을 키웠습니다. 다섯째 방원도 힘을 키웠습니다.

　드디어 두 왕자는 다음 임금 자리를 놓고

싸우게 되었습니다. 이 싸움은 정안군 방원으
의 승리로 끝났습니다.

이를 '2차 왕자의 난', '방간의 난'이라고
합니다. 정안군은 조선 3대 태종으로 등극하
게 됩니다.

태종의 셋째 아들은 훈민정음을 창제하고
용비어천가를 짓게 한 세종대왕입니다.

혼자서 읽어봐요

군자 : 주나라 문왕을 말합니다.
금뢰 : 금으로 만든 술그릇
성종 : 이방원(태종)을 말합니다.
구천 : 깊은 땅 속. 황천 구천에 가려 하시니. 죽
으려고 하시니

한역시

아 마 공 도　우 강 미 척　언 념 군 자　금 뢰 욕 작
我馬孔瘏 于岡靡陟 言念君子 金罍欲酌

아 마 대 실　우 구 졸 래　원 배 성 종　구 천 동 귀
我馬帶失 宇廏猝來 願陪聖宗 九天同歸

제110장

사조(四祖)이 편안(便安)히 못 겨샤
현 고달 올마시뇨 몃간(間)의
지배 사라시리잇고

구중(九重)에 드르샤 태평(太平)을
누리실 제 이 뜨들 닛디 마라쇼셔

선생님과 함께 풀어보기

사조가 편안히 못 계시어 몇 곳을 옮기셨습니까. 또, 몇 간 집에 사셨습니까.

구중궁궐에 드시어 태평을 누리실 때, 이 뜻을 잊지 마십시오.

선생님과 함께 해석하기

사조(四祖)이 편안(便安)히 못 겨샤 : 사조가 편

안히 못 계시어

  현 고달 : 몇 곳을

  올마시뇨 : 옮아 다니셨습니까.

  몃간(間) 지배 : 몇 간 집에

  사라시리잇고 : 살으셨습니까.

  구중(九重)에 드르샤 : 구중궁궐에 드시어

  태평(太平)을 누리실 제 : 태평한 세월을 누리실 때

  이 뜨들 닛디 마라쇼셔 : 이 뜻을 잊지 마십시오.

재미있는 얽힌 이야기

  이 장은 태조의 조상인 목조·익조·도조·환조 4대의 어려웠던 생활을 노래한 것입니다. 익조는 여진족에게 쫓기어 섬에 숨어서 움막을 짓고 살았습니다. 또 환조는 전주, 삼척, 경흥, 덕원 등지로 옮아 살면서 갖은 고생을 하였습니다.

  '지금은 나라를 세우고, 궁궐에서 태평하게 살고 있으니 조상의 고생을 잊지 마시오.'라는, 후대의 임금들에게 가르침을 주는 노래입니다.

제110장부터 124장까지는 끝 구절이 모두 '이 뜻을 잊지 마십시오'로 끝납니다. 그래서 이 장들을 '무망(잊지 마십시오)장'이라고 합니다.

사조 : 4대. 태조의 조상인 목조·익조·도조·환조

멋간 지배 : 몇 간 안 되는 좁은 집에

구중 : 구중궁궐. 임금이 살며 나라일을 하는 대궐

태평 : 나라나 집안이 조용하여 무사하고 편안함

한역시

사 조 막 녕 식   기 처 도 궐 택   기 간 이 위 옥
四祖莫寧息　幾處徒厥宅　幾間以爲屋

입 차 구 중 궐   향 차 태 평 일   차 의 원 무 망
入此九重闕　享此太平日　此意願毋忘

244

제116장

도상(道上)애 강시(僵尸)를 보샤
침식(寢食)을 그쳐시니
민천지심(旻天之心)애 긔 아니 즌디시리

민막(民瘼)을 모라시면 하늘히
바리시나니이 뜨들 닛디 마르쇼셔

선생님과 함께 풀어보기

길 위에 얼어 죽은 시체를 보고 침식을 잃
었으니, 하늘 같은 마음에 그 아니 돌보시겠
습니까.

백성의 어려움을 모르시면 하늘이 저버리십
니다. 이 뜻을 잊지 마십시오.

선생님과 함께 해석하기

도상(道上)애 : 길 위에

강시(僵尸)를 보샤 : 얼어 죽은 시체를 보시고

침식(寢食)을 그쳐시니 : 잠자리와 음식을 멀리하시니

민천지심(旻天之心)애 : 하늘 같은 마음에

긔 아니 즌디시리 : 그 아니 걸리시겠습니까.

민막(民瘼)을 모라시면 : 백성의 어려움을 모르시면

하늘히 바리시나니 : 하늘이 버리십니다.

이 뜨들 닛디 마르쇼셔 : 이 뜻을 잊지 마십시오.

재미있는 얽힌 이야기

50장에 있는 노래의 일부입니다.

고려 우왕 때, 왜구들이 남쪽 지방에 와서 노략질을 일삼았습니다. 삼남도 순찰사로 있던 이성계 장군이 오백 척의 배로 이들을 치기 위해 남쪽으로 내려갔습니다.

그때 길가에 많은 백성들이 얼어 죽어 있었

습니다. 그 참혹한 광경을 본 이성계 장군은 침식을 잃었습니다.

'이러한 백성의 고통을 모른 척하면 하늘이 버립니다. 그러니 후대 임금들은 이 뜻을 잊지 말고 백성을 사랑하십시오'라는 가르침이 담긴 노래입니다.

민천지심 : '민천'은 '뭇사람을 사랑으로 돌보아 주는 어진 하늘'이란 뜻입니다. 여기서는 백성을 사랑하는 어진 임금의 마음이란 뜻이지요.

민막 : 백성이 병이 듦. 백성의 어려움

한역시

강 시 도 상 견　위 지 폐 침 찬　민 천 녕 불 권
僵尸道上見　爲之廢寢饌　旻千寧不眷

민 막 구 불 식　천 심 편 기 절　차 의 원 무 망
民瘼苟不識　天心便棄絶　此意願毋忘

248

제120장

백성(百姓)이 하늘히어늘 시정(時政)이
불휼(不恤)할쌔 역배군의(力排君議)하샤
사전(私田)을 고티시니

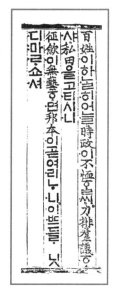

정렴(征斂)이 무예(無藝)하면
방본(邦本)이 곧 여리나니
이 뜨들 닛디 말으쇼셔

백성이 하늘과 같은데 나라에서 불쌍하게
여기지 않으므로, 반대 세력을 물리치고 여러
사람들과 의논하여 사전을 고치셨습니다

베고 거두는 일이 능숙하지 못하면 나라의
근본이 어려워집니다. 이 뜻을 잊지 마십시
오.

백성(百姓)이 하늘히어늘 : 백성이 곧 하늘이거늘

시정(時政)이 불휼(不恤)할쌔 : 나라에서 불쌍하게 여기지 않으므로

역배군의(力排君議)하샤 : 반대 세력을 물리치고 여러 사람과 의논하여

사전(私田)을 고티시니 : 사전을 고치셨습니다.

정렴(征斂)이 : 베고 거두는 일이

무예(無藝)하면 : 능숙하지 못하면

방본(邦本)이 곧 여리나니 : 나라의 근본이 어려워집니다.

이성계 장군이 위화도에서 회군하여 왕씨를 왕위에 앉혔습니다. 그리고 나라를 굳게 하기 위해 노력하였습니다.

그런데 당시에 논밭에 관한 제도가 무너져서 혼란스러웠습니다.

세력 있는 지방 강호들이 토지를 독차지하

였습니다. 그리고 백성들의 논밭을 빼앗았습니다. 산과 들을 마구 훼손하여 농토를 늘렸습니다. 그래서 그 폐해가 날이 갈수록 더했습니다.

백성들은 가난에 빠지고 나랏돈은 고갈되었습니다.

이성계 장군은 대사헌 조준 등과 의논해, 개인 소유의 논밭 정책을 금지하기로 하였습니다. 또, 누구나 똑같이 논밭을 나누어 가질 수 있는 균전 제도를 세우고자 하였습니다.

그러나 반대 세력에 의해 그 뜻이 쉽게 이루어지지 않았습니다. 그래서 창왕 때에는 이 일을 이루지 못하고 있었습니다. 공양왕 때에 이르러서야 많은 반대를 물리치고 제도를 뜻대로 바로잡았습니다. 이 뜻을 후대 왕들은 잊지 말고 올바른 조세 정책을 펴 나가라는 뜻입니다.

시정 : 당시의 나라일

불휼 : 불쌍히 여기지 않음

역배군의 : 반대 세력을 물리치고 여러 사람과 의
논함

사전 : 개인 소유의 논밭

정렴 : 자를 것은 자르고 조세를 받음. 명확한 조
세 정책

무예 : 무능함

방본 : 나라의 근본

한역시

민 자 왕 소 천　　시 정 불 증 련　　배 의 혁 사 전
民者王所天　時政不曾憐　排議革私田

정 렴 약 무 절　　방 본 즉 올 황　　차 의 원 무 망
征斂若無節　邦本卽杌隉　此意願毋忘

제125장

천세(千世) 우희 미리 정(定)하샨
한슈 북(漢水 北)에 누인개국(累仁開國)하샤
복년(卜年)이가 업스시니 성신(聖神)이
니아샤도 경천근민(敬天勤民)하샤사
더욱 구드리시이다

님금하 아라쇼셔 낙수(洛水)예
산행(山行) 가이셔 하나빌 미드니잇가

천 년 전에 미리 정하신, 한강 북쪽에 쌓은 어지심으로 나라를 열어, 점지한 나라의 나이가 끝이 없으십니다. 그러나 성신이 나라를 이어 가더라도 하늘을 공경하고 백성들을 부지런히 다스리셔야만 더욱 굳을 것입니다.

후대 임금들이여, 아십시오. 낙수에 사냥이나 가 있으면서 조상들만 믿겠습니까.

천세(千世) 우희 : 천 년 전에

미리 정(定)하샨 : 미리 정해 놓으신

한슈 북(漢水北)에 : 한강 북쪽에

누인개국(累仁開國)하샤 : 어짐을 쌓아 나라를 세우시어

복년(卜年)이 가 업스시니 : 복으로 점지한 나라의 나이가 끝이 없으시니

성신(聖神)이 니아샤도 : 성자 신손이 나라를 이으시더라도

경천근민(敬天勤民)하샤사 : 하늘을 공경하고 백성을 부지런히 다스리셔야

더욱 구드리시이다 : 나라가 더욱 굳을 것입니다.

님금하 아라쇼셔 : 후대 임금들이여, 아십시오.

낙수(洛水)예 산행(山行) 가이셔 : 태강왕처럼 낙수에 사냥이나 가 있으면서

하나빌 미드니잇가 : 조상만 믿겠습니까. 조

상만 믿으면 안됩니다.

신라 말 승려인 도선의 풍수 지리설에 의하면 삼각산 남쪽, 한강 북쪽 사이에 도읍을 정하면 나라가 흥할 것이라고 했습니다.

조선은 이곳 외에 계룡산 아래에 도읍을 정하려고도 하였습니다. 그러나 이렇게 모든 조건을 갖추었다 하더라도, 하늘을 공경하고 백성을 사랑하여야만 나라가 더욱 굳을 것이라고 가르칩니다.

옛날 중국 하나라에 태강이란 임금이 있었습니다. 그 임금은 놀음놀이에 빠져 백성들에게서 덕을 잃었습니다.

그런데도 할아버지인 우왕의 덕만 믿고 버릇을 고치지 않았습니다.

우왕은 물과 산을 잘 다스려 백성의 신임을

받아 임금이 되었습니다. 그런데 태강왕은 놀음놀이뿐만 아니라 사냥에 빠져 정신을 차리지 못했습니다. 나라일은 돌보지도 않고, 낙수란 곳에 사냥을 간 지 백 일이 넘어도 돌아오지 않았습니다. 그러자 궁의 제후인 예가 돌아오는 길을 막아 태강왕을 폐위시켜 버렸습니다.

태강왕의 이야기는 후대 임금들에게, 정신을 차리고 백성들을 다스리도록 교훈을 주기 위해 예로 든 것입니다.

혼자서 읽어봐요

누인개국 : 어진 덕을 쌓아 나라를 열다.

복년 : 정해진 나라의 나이

성신 : 성스러운 신. 여기서는 뛰어나고 훌륭한 임금을 말하는 것입니다.

경천근민 : 하늘을 공경하고 백성을 부지런히 다스림

님금하 : 임금님들이시여. 후대의 임금님들을 가

리키는 것입니다.
　　하나빌 : 할아버지를. 조상을

천 세 묵 정 한 수 북　　누 인 개 국 복 년 무 강
千世默定漢水北　累仁開國卜年無彊

자 자 손 손　성 신 수 계　경 천 근 민　내 익 영 세
子子孫孫　聖神雖繼　敬天勤民　迺益永世

오 호　사 왕 감 차　낙 표 유 전 황 조 기 시
嗚呼　嗣王監此　洛表遊畋皇祖其恃

지은이 **안문길**

* 고려대학교 문과대학 국어국문학과 졸업
* 충암고등학교 국어교사 역임
* 한국문인협회 회원
* 한국소설가협회 회원
* 한국문협 은평지부 소설 · 수필분과장 역임

〈저서〉
* 소설 훈민정음
* 소설 공무도하가 (상) (하)
* 소설 왕오천축기
* 문해력 용비어천가
* 현인들의 형이중학
* 6.25 실중실화
* 대가야
* 수필집으로 〈아름다운 시절〉등이 있다.

대통령의 선생님이 쓴 **문해력 용비어천가**

초판 인쇄일 : 2023년 11월 10일
초판 1쇄 발행일 : 2023년 11월 15일

지은이 : 안문길
발행인 : 김종윤
펴낸곳 : 주식회사 **자유지성사**
등록번호 : 제 2 − 1173호
등록일자 : 1991년 5월 18일

서울특별시 송파구 위례성대로 8길 58, 202호
전화 : 02) 333−9535 | 팩스 : 02) 6280−9535
E−mail : fibook@naver.com
ISBN : 978−89−7997−562−8 03810